驕矜狂妄反派貴族的惡行惡狀
1
The Deeds of an Extremely Arrogant Villainous Noble
U0075376
Kadokawa Fantastic Novels

彌亞・克萊茵・
雷諾克斯
與愛麗絲同為伯爵家族，
兩人是舊識並將愛麗絲視
為自己的對手。命運遭受
盧克擺布的人之一。
盧克・威薩利亞・
吉爾伯特
「我」所轉生的奇幻小說
世界中的「反派貴族」。
所有事情都不必努力、擁
有怪物般的才能，但也因
此驕傲自大，終將迎向毀
滅的命運——？
愛麗絲・倫・
隆茲戴爾
有力貴族世家長女，
盧克的未婚妻。才貌
雙全的冰之美人，基
本上對盧克之外的人
都抱持輕蔑的態度。

「妳等等我啊莉莉！不能奔跑啦！」
亞貝爾
這個世界的「主角」。善良至極的大好人，但擁有淒慘的過去，為了追尋強大而進入亞斯蘭魔法學園就讀。
「趕上了啊啊啊！」
莉莉·艾克里爾·拉姆利
陪伴在經常做出魯莽行徑的亞貝爾身邊，強勢且堅強的少女。
（——這傢伙就是主角？）

「早安，盧克。」
一道聲音響起。這房間裡，
除了我之外還有另一個人。
「想不到你連晚上的事也這麼擅長，
你真是一點缺點都沒有呢。」
「……閉嘴。快把衣服穿好。」
「哎呀，不是還來得及嘛。」

黑雪ゆきは
Kuroyuki Yukiha
插畫｜魚デニム
illustration Uodenim
驕矜狂妄
反派貴族
的惡行惡狀
1
The Deeds of an Extremely Arrogant Villainous Noble
Kadokawa Fantastic Novels

目錄

contents

The Deeds of an Extremely Arrogant Villainous Noble

序章 反派貴族覺醒的一刻

——啊，對了。我是反派貴族。

突然意識到這一點，又或許該說是回想起來比較正確。

這個世界是某部輕小說作品的奇幻世界。然而，我並不是主角而是反派貴族……僅僅意識到了這個事實——那接下來，該怎麼做？

「盧克，怎麼了嗎？」

「……只是在想些事情。」

「這樣啊。餐點要冷掉了，所以要適度喔。」

桌上排列著幾副刀叉，試著將眼前奢華至極的料理送入口中……卻沒什麼味道。

稍遲片刻，這個奇妙現實的真實感終於湧現而來……這到底是怎麼回事？

喂，真的假的？真的會有這種事嗎？嗚哇～該怎麼辦？首先，是怎樣的故事……啊～糟透了，完全想不起來。

模模糊糊地記得小說的設定和登場人物。不過，也僅此而已。

「非常抱歉，母親大人。因為身體有些不適，可以回房休息嗎？」

已經不是用餐的時候了，現在只想儘快運用時間來掌握現況。

「咦！盧克，你要不要緊？直接叫神官——」

「沒那麼嚴重。只是覺得有點疲勞的程度而已。」

「是、是嗎……那就好。不過要是覺得難受，要馬上說喔？」

「好的。」

我只以最基本的話語回應，然後就在要邁步離去時——

「……盧克。」

我被叫住了。

「是，父親大人。」

「你真的沒事嗎？」

「是的。我沒有說謊。」

「好，那你去吧。阿爾弗雷德，要是盧克有什麼異狀立刻告訴我。」

「遵命，老爺。」

受不了……真是保護過度的雙親。

一邊那麼想著，一邊和名為阿爾弗雷德的執事一起往我的房間走去。

原來如此啊，這就是造就盧克這個角色的環境。儘管非常模糊，但我擁有身為盧克至今為止的記憶。然而，卻幾乎完全沒有被責罵過的記憶。

擁有不論做什麼，大部分的事都能立刻成功的才能。身處的家庭環境也是即使我不管再怎麼壞，也不會有人斥責。

如此一來，自尊心高漲也是理所當然的，甚至變成傲慢的化身。

老實說，說這傢伙的人格就是由這種環境所塑造的也不為過。

「那麼，盧克少爺。如果有什麼需要，請隨時呼喚我。」

「嗯。」

我讓阿爾弗雷德留在房門前，自己進入房間，就直接飛撲上床，將整張臉埋在枕頭裡，陷入深思。好了，接下來到底該怎麼辦？我今後該怎麼做？

暫時試著思考將來的事情。也許是因為擁有過於優秀的大腦，瞬間就湧現出了無數個想法。然而……不論我怎麼思考，答案只有一個。

目標就是——幸福。

成為盧克這名反派早已是不可動搖的事實了。

反正終究會被主角踩在腳底下吧。記得主角的名字……好像是「亞」開頭，但記憶就像是被迷霧籠罩般，無法回想起來。算了，遲早會想起來的吧。

總之，想過上一段幸福的人生，希望我的人生是快樂結局。幸運的是，我是個貴族，對大部分的事情都不會感到困擾吧。

不過，也是……什麼也不做的話就太無聊了。既然難得置身於這種奇幻世界，實在無法抵抗想充分享受劍與魔法的這種強烈渴望——不對，我根本就不需要忍耐。

就在這時，腦海中突然閃過某個想法。

「……對了。試著努力看看好了。」

在我的印象中，盧克這個角色應該完全沒有真正努力過。準確來說，因為根本不需要努力。

盧克天生就擁有其他人必須拚命努力才能獲得的能力。所以即使有著極度傲慢的個性，也沒有任何人能批判他。真的性格很惡劣……也就是所謂的惹人厭角色。

是個會大肆拉仇恨，被主角揍飛而讓讀者感到痛快的存在。

真受不了，不想變成那樣……不過，真有趣。原本應該不會努力的角色開始努力，將會給這個世界帶來什麼樣的變化呢？我對此產生了些許興趣。

決定適度地努力看看。總之現在的我年齡是十歲。

從盧克的記憶中得知，如果一切順利，擁有魔法天賦的我應該會在十五歲時前往王都的魔法學校就讀。

……不過，我覺得到時候去了那所學校的話，應該就會遇見他——遇見主角。

但沒關係，想學習魔法的欲望，遠遠勝過不願見到主角的想法。而且，我認為在這種世界裡，自身的強大和自由有很直接的關聯性。只要愈強大，就能擁有愈多選擇。為此，愈早開始學習魔法愈好。

只是，距離入學還有五年的時間呢……在那之前該怎麼辦？試著自學嗎？不，再怎麼說果然還是找個人來教自己比較好。

對了，我也得學習劍術才行。該學習的並不單單只有魔法而已。

話說這個角色——也就是我，到底是更擅長劍術還是魔法呢？

雖然知道自己有這兩方面的才能，但是沒有偏重哪一個嗎？

嗯……可能有，但我想不起來。受不了，真是不方便的記憶。總之兩種都先學吧。然後等到知道更擅長哪一方後，再朝那集中精力就好。

「已經決定好方向了呢……呵呵，開始有趣起來了。」

不禁自言自語了起來——沒錯，我相當期待。

儘管一開始感到茫然，但現在心底深處充滿了高漲的熱情。在這種世界，不好好享受反倒不合理。

——叩、叩。

傳來敲門的聲音。

剛熱絡起來的思緒頓時切換冷卻了下來。

「盧克少爺，您的身體狀況如何？非常抱歉，老爺要我來確認一下再回報給他。」

「嗯，我沒事。」

因為被打斷了思考，有些不悅地回答道——不對，等等。

為了確認腦海中突然浮現的想法，我喀嚓一聲打開了門。

「喂，阿爾弗雷德……嗯？」

咦？奇怪。

「阿爾弗雷……德。」

「您有什麼吩咐嗎，盧克少爺？」

……無法使用敬語。剛才原本想說的是「阿爾弗雷德先生」，畢竟對比自己年長的人使用敬語是理所當然的，然而，卻無法使用……不，準確來說並非如此。

——「對個執事而已沒有必要使用敬語」這種強烈的意識，深植於我的心中。

這是怎麼回事……「盧克」的意志還殘留著嗎？

重新打量了阿爾弗雷德。他的臉上有著與年齡相符的皺紋，卻很有氣質，說實話相貌俊朗，體格也絲毫沒有衰退。

這也是理所當然的吧，因為阿爾弗雷德是曾經擔任王國騎士團副團長的男人。

剛才想起了這件事。什麼嘛？雖然想到請他教我劍術不是正好嗎……不過能做到這種事嗎？我真的能向單單的執事請教劍術？

要我做出那種羞恥的行為，我寧願去死。

……咦？

這種無法抗拒的強烈情感是怎麼回事？

該死，只不過是想請教劍術而已，為什麼會如此艱辛？

「阿爾弗雷德，請……」

唔唔唔……可惡，說不出口！就差一點點了！

「請你……」

呃啊啊啊啊啊！

「請你——！」

「您怎麼了盧克少爺！啊！身體狀況果然——」

「不是——！」

不禁大叫出聲。能感受到全身上下都冒出了許多汗。恐怕就連眼睛也充血了吧。

「呼……吁……」

不行，沒辦法請求他。不管我再怎麼想拜託他，就是無法把話說出口。這是什麼詛咒啊……糟透了。難道我再怎麼掙扎，終究只能是「盧克」嗎？——不對，改變思考方式吧。

「你……教我……劍術吧……」

說出口了！改用命令式的語氣後總算說出來了！

阿爾弗雷德先生真的很抱歉！我從盧克的記憶中得知自己至今給你添了很多麻煩！真的

很對不起！

我在心底大大地下跪道歉。

「……咦？您剛剛說？」

才剛鬆了一口氣，阿爾弗雷德先生就說出了令我絕望的話……開什麼玩笑。

「你沒聽到嗎……？」

喂……不能這樣啊阿爾弗雷德先生！要我再說一次實在太痛苦了！……行吧，我會做的。為了讓他教我劍術，要我說幾次我都願意。

「我要你——教我劍術——！」

「哎呀，不好意思，我上年紀了，所以剛剛不確定自己聽到了什麼。」

「呼……吁……這樣啊。」

我靜靜地等待他回覆。阿爾弗雷德沉靜了下來，似乎正在考慮著什麼。

但是拜託，請不要拒絕我。因為儘管我拚命抵抗本能，但如果被拒絕的話，真的不知道自己會做出什麼行為。

真是糟糕透了……這詛咒到底是怎樣？

「我明白了。如果您認為我足以勝任，請讓我來擔任這份工作。」

「…………」

總算獲得同意了……真是太好了。

然而，我無法將感謝言辭說出口。感覺要是一開口就會不禁說出令人憎厭的話語，所以只能保持沉默。真的很抱歉，阿爾弗雷德先生……我打從心底感謝你。

唉……我這種就連一句感謝的話都說不出口的人，真的能迎向快樂結局嗎……

第一章 開始失控的故事

1

我的名字是阿爾弗雷德．狄格。

原本擔任王國騎士團的副團長，但那是很久以前的事了。

早已退役，現在於吉爾伯特侯爵家擔任執事一職。

雖然已經當執事很久了……但經常深思——自己應該辭去執事的工作比較好。

貴族那些人……我其實很討厭，這份工作根本不適合我啊。

那麼為什麼要成為執事呢？是因為報恩。

當時在戰場犯下一個嚴重的錯誤判斷，導致許多夥伴因我的指揮而死去。

至今仍然會夢到……那些死去的夥伴們的身姿。

儘管團長說在那種情況下是無可奈何的，並不是我的錯，我仍舊無法原諒自己，因而辭去了騎士的職位。

有人建議我去當騎士團的指導官，但我哪有那種臉面？這種害夥伴死去的無能之輩怎麼可能勝任那種工作。

自從拒絕擔任指導官之後，我的生活自然沒了著落，然而吉爾伯特家的前任家主收留了我。

他是個好事的人。對於出身平民就連用字遣詞都不俐落的我，他卻從零教導我身為執事的言行舉止。

那時的我已經很討厭貴族了，但是因為那個人，我的價值觀稍稍有了些變化。

但，果然貴族中就只有他一個特例而已。到了現任家主，就已經退化成了只因為是平民就不把對方當人看的爛貴族……不，這才是所謂貴族的常態。

只會瞧不起他人，不會去做什麼壞事的吉爾伯特家族已經算是好的了。

不過，儘管這份工作不適合我，我卻已經掌握到要領了。那就是完全切分心靈和身體，只需要淡然地完成工作即可。

只要這樣就行了。已經在這種狀態下生活了很久，今天也不會有什麼不同。

本應該……不會有任何變化的。

「請你————！」

突然在我面前似乎相當痛苦地叫喊的這個傢伙，名為盧克・威薩利亞・吉爾伯特。是吉爾伯特家的嫡子。

女僕們經常談論到他，這傢伙似乎任何事情都能一臉輕鬆地辦到。事實上，這個臭小鬼真的異常地聰慧。

但我就是不喜歡他。討厭這傢伙的眼神，那種居高臨下藐視一切的眼神。

不過總覺得……今天有些不一樣。

他好像在拚命地抗拒著什麼，艱苦地掙扎著，很明顯不正常。

不論有多麼討厭貴族，我也不會忘記我所受過的恩情。

在此之前，根本不可能忽視如此明顯的異常狀況吧。

因此我回問道：

「您怎麼了盧克少爺！啊！身體狀況果然——」

「不是————！」

……看來並非身體不適。

那到底是怎麼回事。為了成為執事我學過大部分的事情，但還是完全不清楚這傢伙現在的狀態是怎樣……是說怎麼會突然這樣？

從未與我面對面交談過，根本不把他當作和自己一樣是人類。

就像是我對貴族的厭惡凝聚而成的臭小鬼。

但是，現在呢？

他的眼神深處依然顯露著輕蔑，即使如此……仍直視著我的雙眼，拚命地想對我表達些什麼。

光憑這點就讓我對他萌生出些許好感，當然這個評價是因為他至今太過惡劣的緣故。

「你……教我……劍術吧……」

……這傢伙剛才說了什麼？

要我教他劍術？他說了要我教他劍術？

……是開玩笑吧。劍術這種東西，除非是騎士家族，否則貴族都會心生厭惡。

這實在是太常見的事，就連吉爾伯特家也不例外。可是……這傢伙應該認為劍術只是無法使用魔法的無能者玩耍的遊戲才對，剛才卻說要我教他劍術？

「……咦？您剛剛說？」

那幾乎是反射性脫口而出的話。

太不切實際的話，導致我的腦子拒絕理解。然後，儘管只有短短一瞬間，我注意到這臭小鬼似乎露出像是世界末日般的表情……是我看錯了嗎？

「我要你——教我劍術——！」

「哎呀，不好意思，我上年紀了，所以剛剛不確定自己聽到了什麼。」

「呼……吁……這樣啊。」

看來我的耳朵還沒有壞掉。

話說回來這傢伙到底是怎樣？為什麼要那樣一直痛苦地叫喊？最後還喘成這樣……不過算了。

我只稍想了一下，這傢伙很可能是瞧不起劍術。劍術可不是一朝一夕就能學會的啊。

劍術不像魔法可以坐在桌前優雅地學習。需要無數次地讓自己滿身泥濘，用身體去學才行。這傢伙的雙親肯定不會允許這種事。他們一定會斥責這是野蠻還是什麼的，最後被牽連的會是我。

不過這傢伙也不是認真的吧。應該只是貴族一時興起，想玩玩而已，一旦稍微感到麻煩，肯定就會因此厭倦而放棄——沒錯，我下了結論。

「我明白了。如果您認為我足以勝任，請讓我來擔任這份工作。」

「…………」

——此時的我，真的就只有想到這種程度而已。

翌日清晨，這傢伙如約而至了。

我心中當然是失望無比。

要是他沒來，就不必教導他了。但既然他來了，我就必須得教。

——麻煩死了。

昨天我在事後已經大致跟老爺報告過了，儘管他一臉不情願，最終還是同意了。

我遞給臭小鬼一把劍。當然，是仿製品。要是受傷就受不了了。

「那麼我先示範『劍式』給您看。請跟著我的動作一樣試著揮劍。」

即使是真心願意學劍的人也有很多人不喜歡劍式。那個理由非常單純，因為很無聊。

如果我真的要教導徒弟劍術，最先會從實戰的技術開始教起，讓對方對劍術產生興趣，在那之後才是劍式。

無論如何，這個包含所有基礎的「劍式」是絕對不可能避免的啊。

不過，怎樣都無所謂。

因為我的目的就是儘快讓這小鬼頭明白學習劍術有多無聊。

「麻、麻麻麻、麻煩煩煩煩煩……呼……吁……快點開始。」

……這傢伙的情緒狀態怎麼從昨天開始就這麼不穩定？受不了。要我快點開始？現在好歹是求教的立場吧？

如果我要收徒的話，要先把他的秉性……不，光想也只是浪費時間——還是趕緊結束這一切吧。

「那我開始了。」

——數次。

僅僅看了數次他的劍法，就算再不情願也注意到了他的異常之處。

揮劍，說起來簡單卻並不容易。

步法、重心轉移、力量的傳遞方式、時機、呼吸……只有掌握到這一切，才算是真正能夠揮劍。

所以即使讓新手揮劍，也只會見到他亂七八糟的動作。

而這傢伙……這傢伙僅僅看了我的動作一次就做到了。

不對，這或許只是偶然。

……我想辦法否定了自己那近乎確信的直覺。

在那之後又試著練了一段時間的劍式。

然後，已經變成無法再否認的情況了。

——怪物。

這種詞彙浮現在我的腦海中。

「……盧克少爺。恕我失禮，請問您以前有學過劍術嗎？」

怎麼可能有……早已有了答案。因為我平時一天到晚都待在這傢伙身邊。

即便如此我還是問出了這個問題，是因為想試著理解眼前這個我無法理解的存在。

「……你覺得有嗎？」

他以打從心底藐視我的眼神那麼反問我。

不過，那種事情已經無所謂了，是無關緊要至極的小事。

「……我們繼續。」

「…………」

我好不容易才平息翻湧的思緒，繼續陪他練習劍式。

……看來人類這種存在啊，在看到無法理解的事物時，會感受到的情感似乎是「恐懼」。

就算是對從來不曾勝過的「團長」，我也從未有過這種情緒，如今我卻對一個僅僅握劍數分鐘的臭小鬼產生了這種感覺。

每一次揮劍，動作就會變得更加精確，成長的速度簡直暴力。

這臭小鬼可能完全不知曉，但他的起點根本就是普通劍士經過拚命努力才能抵達的終點……不可能……不可能啊。

然後，本應該數分鐘便會結束的練習，到了一個小時之際，我親眼目睹了那一劍。

咦？剛才那一劍——是不是比我還出色？

我的劍可還沒有生鏽。我是這傢伙的執事，同時也是他的護衛，直到這個年紀以前，只有沒有握劍的日子才數得出來。

這時，隱約想起了女僕們的對話：

「盧克少爺太厲害了，不管什麼才剛開始的時候就學會了。一定是天才。」

有很多人都這麼說過……不，不對啊。

絕對不能用這麼老套的話來評論這傢伙。

怪物、妖怪、超常者——這些詞彙更適合他。

「盧克少爺，今天就練到這裡。」

「……你說什麼？要結束了？」

「是的，盧克少爺今天是第一次握劍，太著急也不是好事。」

「是嗎？原來如此。」

我將盧克少爺送回房間後，便前去找老爺。

不由自主加快了腳步，嘴邊不禁綻放出笑容。

「兩三年……只需要短短兩三年，他就能超越我了，唉呀唉……」

我現在應該露出非常怪異的笑容吧。

可是啊，這種情況怎麼能不讓我發笑呢？

即使有些曲折，但我好歹也曾爬上王國騎士團副團長的位置，在這個國家裡，可是劍術排名第二的男人喔？

曾一無所有的我自懂事起，便一直揮舞著手中的劍，而我……儘管只有一劍，竟然被一個剛握劍最多一小時的臭小鬼超越了？

「……啊哈！這不是太瘋狂了嗎！」

羨慕、嫉妒。他那遠超常人的才能，甚至讓我無法萌生這種情感。

毫無疑問。那傢伙是為了揮劍而生的存在。

「真想看看啊……」

真想見識見識那傢伙能攀登到何種高度。

我已經被無法抗拒的強烈情感掌控了——不對，是被深深吸引住了。

被他那猶如惡魔般不合理的才能。

我趁著這股氣勢敲了敲門。

「老爺，我有點事想談談。」

「進來。」

好了，我該怎麼開始這個話題呢？

算了，就算匍匐在地懇求，也要讓老爺答應。

——我想繼續教導盧克少爺劍術。

§

自從向阿爾弗雷德先生學習劍術以來，差不多已經過去一年了。

其實我也想開始學習魔法，但即使一口氣學很多事物，最後會什麼也學不好。所以在劍術有所長進之前，最好還是集中精力在劍術上。

……這只是表面上的理由——劍術，超有趣的！

雖然不知道該怎麼形容，總之就是非常有趣。

不僅能暢快地流汗，而且自從開始學習劍術以後晚上都睡得特別好。

此外感覺愈練愈進步，這種感覺真的會讓人上癮。

但是，仍未在模擬戰中贏過阿爾弗雷德先生一次。

每當敗戰時，都會被強烈到難以忍受的屈辱感淹沒。

輸給單單一個執事，這個的事實使我無法抑制地感到憤怒。

甚至因為太過不甘心與焦躁，對自己與阿爾弗雷德先生破口大罵。而且不僅是一兩次，而是無數次。

……可是，與此同時我也享受著這一切，人心真是難懂。

但我認為能早些經歷這種情感是件非常好的事。

體會過「敗北」的事實，對於我——不，對於「盧克」的影響應該相當深遠吧。

話說回來，會輸也是理所當然的吧，畢竟對手可是前王國騎士團的副團長喔。

原本會抱有悔恨之類的心情反倒奇怪啊。

而且……該怎麼說，阿爾弗雷德先生是不是有點太過認真了？

尤其是這一陣子，我可是才剛握劍一年而已喔？這次也如預期地輸了。

要是他能稍微手下留情——

「……僅僅一年。盧克少爺僅僅花費一年的時間，就幾乎全學會從劍術的基礎到實戰的應用了。不僅如此……不，當我沒說。」

咦？什麼時候就？

不過最近進行模擬戰的頻率確實明顯增加了沒錯。

阿爾弗雷德先生仰望著天空，彷彿在思考什麼，又像是放棄了什麼。

他露出了兩者都接受的表情。隨後，下定了決心似的看向我。

「我曾擔任王國騎士團的副團長……」

「現在說這些做什麼？那種事我早就知道了。」

這就是已經儘量用有禮貌的口吻說出的話。

「我曾數次在戰場中奔走，至今奪走了非常多人的生命。」

「…………」

不明白阿爾弗雷德先生為什麼突然講這些呢？

但是，就算只有一點也好，也想試著理解……因為阿爾弗雷德先生是我的恩師，對於他的感激之情無以言表。

我動腦思考，努力消化並試圖理解他的話語。

「劍這種東西只不過是奪取他人性命的道具，最重要的是持劍者的心。因為要用苦練而成的劍術做什麼，全都取決於那個持劍者。不論是伸張正義，還是要作惡——請您，請您務必要牢記這一點。」

阿爾弗雷德先生這麼說完，對我深深地低下頭。

到底是怎麼了……果然還是不明白。要說什麼比較好呢？總之先對他至今的訓練表達謝意……不，做不到。桀驁不馴的化身「盧克」的意識不允許那麼做，這一年來我已經很清楚這點了……那該說什麼……

「——不過……」

彷彿要填補我們對話的間隙一樣，阿爾弗雷德先生接著繼續說道。圍繞著他的氣質驟然改變。

「即使您要傾向邪惡，我也想見識盧克少爺的成就！我真的很想見證！啊啊，沒辦法。只有這種欲望感覺無論如何都無法抑制！」

「……欸？」

……怎麼突然？你怎麼了阿爾弗雷德先生！

你的眼神徹底瘋狂了喔！原本紳士的阿爾弗雷德先生去哪了？是因為我發憤圖強才變成這樣的嗎？這是什麼不一樣的發展啊！

「因此，從下一次開始，將教導您我在戰場上反覆廝殺中所學到的、用來殺敵的各種技巧。這些技巧與王國傳統的劍術完全不同。但我向您保證，這絕對會成為您取勝的一分助力。雖然其實很希望您現在就親赴戰場，直接體驗那裡的氛圍……但想必老爺是不可能允許的吧。」

不，到底是怎樣？殺敵技巧？

你打算教一個才十一歲的孩子什麼啊！

我沒能接受突然變化的現實。

但是——

「——儘管這是個人主張，但我認為不論用多麼骯髒的手段，都比『死亡』這種絕對的失敗還要好。」

「……這樣啊。」

阿爾弗雷德先生態度驟變。

儘管這讓我感到無比困惑，那句話卻深深地打動了我。

——「失敗」。

這個詞彙極其沉重。

在我之中殘留著「盧克」的激烈情感絕對無法接受的——那就是「失敗」。

這一年，我嘗盡無數次敗北。一次又一次。

每當進行模擬戰都輸了。即使如此，在我心中的自尊心卻絲毫沒有減少。

別小看我。

等著瞧吧。

那裡就是我的位置。

絕對會把你拉下來。

那樣的聲音在我的腦中迴響著——或許正因如此……

「呵呵……啊哈哈哈哈！」

不知為何，笑意湧了上來。

「這樣啊，你說得對，比失敗還要好。你的想法完全正確，沒有絲毫錯誤——只要最後能取勝就行。」

「……唔！竟然如此……沒想到您竟然如此的……！」

話語自然而然地湧現而出，無法停止。

「你也不例外喔，阿爾弗雷德。別以為你可以永遠俯視我，我絕對連你也贏得過。」

啊……或許這就是「盧克」的……不，已經是「我」的本質了。

肯定到死都無法改變。沒有辦法控制過度高漲的自尊心，為了滿足這份自尊心就只能贏了——只能不斷地贏下去。

受不了，有夠麻煩的人生。真的很麻煩。

不過，也是……這也許並不是件壞事。

我會做到的。

2

「……不到兩年就做到了啊。」

發覺自己愈來愈常自言自語了。是為什麼呢？

要是被誰聽到，就可能會失去執事這份工作。這是無論如何都要避免的。

人生真是無常呢。從來沒想過自己竟然有一天會想繼續做這份糟糕的工作。

那個臭小鬼……不，我教盧克少爺劍術差不多已經一年半了。

今天——我第一次輸給了他。

這怎麼能不讓我笑出來呢？真想放聲大笑。

但我現在是執事。不能讓人看到我那種模樣。

所以我捂住嘴，拚命地壓抑湧上心頭的情感。

「他真的……真的做到了……！不，不僅如此。竟已遠遠超出了我的想像……！」

啊……沒辦法。

怎麼也抑制不住情緒。

我根本沒有手下留情……不，甚至是懷著殺意和他交手的。

每次和盧克少爺進行模擬戰，一直帶給我像是真的在進行生死搏鬥一樣的緊張感。明明才握劍不久，卻真的想戰勝我與我對決。

從第一次模擬戰起就一直如此。

只要我稍有疏忽，就會被他逮到破綻。這是身為劍士的直覺。

因此每一場模擬戰我都很認真。交手的對象並不是我教導的臭小鬼，而是不得不殺的敵人。就是得認真到這種地步才行。

前王國騎士團副團長的頭銜才沒那麼輕。

坦白說，即便上年紀了，我依然認為自己的劍術在王國中仍是數一數二。

然而盧克少爺戰勝了我……真的贏過我了！

「啊……真是受不了啊……」

感受到自己心中火熱而發顫。
盧克少爺會青史留名，這幾乎已成事實。
不對……絕對不僅如此！而是神話！
居然能在最近的地方親眼見證這個男人在神話中刻上他的名字！
我……我是多麼幸運啊！

「——阿爾弗雷德大人。」

就在這時，聽到有人叫喚我的名字。是女僕的聲音。
我才不會因為這點小事就動搖，立即流暢無比地切換心態。
「有什麼事嗎？」
「是。有位客人來找阿爾弗雷德大人。」
「……找我？」
瞬間思索了一番。來找我的客人？完全沒有頭緒。
考慮了各種可能，好的也好，壞的也罷……但終究還是找不到答案。
「老爺吩咐請您去見見客人。」

「是嗎？我明白了。」

「那麼請跟我來。客人已經在房間裡等您了。」

女僕聽到我的話，對我一鞠躬後就邁出腳步。

真是的，到底是誰？我可是很忙的啊。

還得思考盧克少爺今後的訓練內容呢。

心裡這麼想，但老爺有命。除了去見客人以外別無選擇。

我邁出略顯沉重的步伐。

§

——埃爾卡·艾·薩瑟蘭德。

那就是我的名字。

自詡這個名字曾威震王國，無人不知無人不曉。

要說為什麼——因為我曾擔任王國騎士團的團長。

這就是我的驕傲——當然，是很久以前的事了。

所謂的女人，在單純比拚體力上絕對無法戰勝男人。若能使用魔法的話情況可能會有所不同，不幸的是我在那方面完全不行。

即便如此，在王國悠久的歷史中，我還是仍以罕見的女人身分爬到了王國騎士團團長的位置。對此多少感到自豪也是可以的吧？

現在於王都開設了道場，那裡僅聚集了我中意的人並教授他們劍術。

我也為此來見阿爾。其實本想更早來找他提這件事，但不曉得是否能順利經營道場，此外我也飽含私心。

不論劍術天賦有多好，我不會教授那些我不喜歡的人，反之亦然。

對他提出這種前景如此不明的提議實在說不過去。

所以才會耗費了這麼長的時間。

「……不曉得他現在過得如何？」

至今仍清楚記得阿爾辭去副團長一職的那天。

他實在是個頑固的傢伙，只要他一做出決定後，就絕不會改變。阿爾就是這種意志過於堅定的男人。

最後一次見面是什麼時候呢？已經久遠到我記不清了。

就在我稍稍緬懷過去時，會客室的門喀嚓一聲打開了。

「讓妳久等了嗎？前王國騎士團團長，埃爾卡・艾・薩瑟蘭德女士。」
「不會，反倒對於您欣然接受我突然到訪，感激地無以言表，吉爾伯特卿。」
儘管吉爾伯特家沒有不好的傳聞，卻也沒有好的傳言。
不論好壞，這個家族應該是典型的貴族世家。
所謂的貴族，基本上都對王國騎士團沒什麼好感。
大多數都只將我們視為一群無法使用魔法的無能者——明明如此，但這是怎麼回事？
難道是對劍術的價值觀產生變化了嗎？
「遠道而來辛苦了，歡迎妳。」
「謝謝您。」
儘管是三流的貴族世家，好歹我也是貴族。
原本以為不會被趕走，但多少可能會被冷言冷語幾句……然而我卻受到意想不到的良好待遇。這讓我不禁思索起背後的原因。
「紅茶可以嗎？」
「好的，非常感謝。」
一旁伺候的女僕在我的茶杯中倒入紅茶，令人舒適的香氣擴散開來。
在那之後稍微閒談了一下，但完全沒有感受到絲毫惡意。

「好了，即使只有我在也沒用。我馬上去叫人把阿爾弗雷德帶過來。」

「感謝您。」

吉爾伯特卿這麼說道後便開門而去。雖說如此，我並不是獨自一人在房間，身旁還有一位女僕待命。

……果然，不對勁。

畢竟米雷斯提亞王國是個魔法大國，在歷史上，是由擅長魔法的人們集結建國的，因此被視為一流貴族的世家中都擁有不同程度的魔法素質。

也就是說魔法基本上是屬於貴族的能力。

平民之中偶爾也會出現有魔法資質的人，但那終究是極其罕見的例外。

能使用魔法的人與不能使用魔法的人。只要有魔法曾造就這個王國的歷史存在，這種歧視就永遠不會消失。

……我原本是這麼認為的。

但剛才可說是完全沒有從吉爾伯特卿身上感受到。

甚至能察覺到敬意……真是莫名其妙。

——叩、叩。

我的腦中冒出一顆顆的疑問泡泡。

就像毫不在意那種事似的，敲門聲在房間內迴響。

在一旁待命的女僕立刻開了門。

「讓您久等了。」

啊……真是太令人懷念了。見到他的身影，多年前的回憶隨之湧上心頭。

不過許久未見的他似乎變了很多。

「……噗。」

看著恭敬地鞠躬的阿爾，我差點笑出聲來，但還是勉強忍住了。

「接下來就由我來，妳可以回去了。」

「遵命，阿爾弗雷德大人。」

女僕離開了房間，現在這裡只剩下我和阿爾兩人而已。

阿爾一言不發地在我對面的沙發坐下，自然地點燃了菸並吐出一口菸。然後——

「……唷。」

「噗！啊哈哈哈！阿爾，看來你已經完全適應執事的角色了啊。到底誰會相信？相信你

這個男人是曾經在戰場上被稱為『鬼』的前王國騎士團副團長。」

已經忍到極限了，我抱著肚子笑到不行了。

「以前明明連怎麼用正確的話表達想法都要費盡苦心呢。」

「是在說多久以前的事啊？別把好幾年前的事說得像昨天才剛發生一樣。」

「啊哈哈哈！是嗎？已經過去那麼久了嗎？時間的流逝真是可怕。」

「所以呢？妳找我有什麼事嗎埃爾卡？妳不是只為了看看老朋友的臉才來的吧？」

「真受不了，你一點也沒變呢。也差不多該記起來怎麼修飾自己的話語了吧？」

「怎麼可能辦得到？和我的性格不合啊。」

「呵呵，說得也是。看到你一點也沒變我就放心了——那我就直截了當地說吧。」

我停頓了一下，然後繼續說道：

「我想請你幫忙培養我的弟子。」

跟阿爾談話時拐彎抹角毫無意義，所以我就開門見山地說了。

「我收留了一個孤兒，順其自然地教導他劍術。他的名字是『亞貝爾』，擁有很棒的眼神，我相信你一定也會喜歡他。」

這是我的真心話，沒有絲毫虛假。

「喔……那才能呢？」

「什麼？」

「他有才能嗎？」

阿爾說出令我感到陌生的話語。

愈是熟悉阿爾弗雷德這個男人的人，聽到這個問題後想必愈會懷疑自己的耳朵。

阿爾出生平民。而且家庭環境貧困，極為接近貧民。根本不曾有人教導過他劍術。

但阿爾卻靠著超常的努力，一路從底層爬了上來。

他是個眼神猶如餓狼般的男人，僅憑著毫無章法的劍術便開拓出自己的路。他從未提及「才能」這個詞彙。

……直到這個瞬間為止。但既然問了，我也只能回答。

「劍術的才能……沒有呢。不過他很難得有魔法天賦，但他不是貴族，大概不會使用屬性魔法。」

真難受……居然得親口斷定說自己重點栽培的弟子沒有才能這種話。

但無可奈何，畢竟這就是事實。

而且亞貝爾這名少年所擁有的本質，絕非才能這種無趣的東西，這點同樣也是事實。

「可是——」

因此我以堅定的語氣繼續說道：

「他擁有駭人的『意志力』。真的……強得驚人，簡直就像是個『怪物』一樣。」

沒錯，從亞貝爾身上見識到的可怕力量——那就是，那個瘋狂的「意志力」。

即使現在回想起來仍會不寒而慄。

「怎麼樣？是不是有興趣了？」

我對阿爾問道。

其實我想更詳細、更仔細地談談亞貝爾這個人。

想分享的事堆積如山，但不幸的是，現在並沒有那麼多時間。

因此我直接詢問，相信如果是阿爾絕對會感興趣。

……然而，他的反應卻和我料想的有些不同。

阿爾的眼神空洞得可怕。

他倚靠在沙發上，抬頭望著天花板吐出一口香菸的菸。

「欸，埃爾卡。我們經常談論這種話題對吧。要先練劍，還是先鍛鍊心智。妳還記得嗎？」

「……對。」

阿爾並沒有回覆我的提問，而是開始講述起來：

「是因為劍術高超所以心靈堅強？還是因為心靈堅強所以劍術高超？妳的答案總是一成不變，認為……心靈為先對吧？」

「對，只有心靈處於正確的道路上，劍術才能隨之提昇，至少我是這麼相信的。」

即使有些人再怎麼有才能，我也不會收他們為弟子，便是因為我有這種信念。

「我也這麼認為。」

阿爾的話使我放下心來。阿爾果然還是老樣子——

「……不，我曾經這麼認為。」

感到有如心臟被緊緊抓住的感覺。

「……是什麼意思？」

「很簡單。我改變了想法。」

「……你想說的是練劍重要？」

「不，稍微有點不同——與劍術和心靈毫無關聯，這就是我的答案。」

無法從阿爾的眼神中找到屬於人類應有的情感。

「那是錯的！」

我不禁高聲反駁。

「別激動，聽我說。」

我「啪」地拍桌一下並站起，阿爾則以極為平靜的態度安撫我。

我也為自己在與友人對談時失態感到羞愧。

「妳過來這邊一下。」

阿爾突然站起來走到窗邊。

雖然想著「什麼啊」，但我還是默默地照做了。

「妳看。」

我照他的話望向窗外，然後，看到的是身於美麗庭院中的一位少年。那是一名金髮金眼，容貌十分俊秀的少年。

我認識這名少年——他是吉爾伯特家的嫡子——盧克．威薩利亞．吉爾伯特。

可是這名少年怎麼了嗎？

「時間差不多了。若和往常一樣的話，盧克少爺接下來要開始練習『劍式』了。妳看了那個之後再告訴我感想。」

「什麼？他在學劍嗎？」

「嗯，是他要我教他的。大約從一年半前開始教他劍術。」

「……這樣啊。」

原來如此，吉爾伯特卿會對我表現出尊敬的態度，就是這個原因嗎？

不過，仍然不明白阿爾的意圖。握劍僅僅一年半，能學會的相當有限，他到底想要我看什麼？

在思索的同時看著那名少年。緊接著，少年動了。

他就這麼拔出劍來。

然後——他美麗無比的揮劍震撼了我。

恐怕是洗鍊至極的「劍式」。

那已經略微超出了劍術的範疇，昇華成一門精湛的藝術。

澈底被奪去目光，就是我現在的狀態。原本滿腦子的思緒在這一刻完全被感動兩個字覆蓋了。

實在太美了。

不曾見過如此完美的「劍式」，即使將我納入其中也無法動搖這個事實。

……不對，等等。

慢著慢著慢著。由於太過感動沒有立即意識到。

這就是……這個揮劍——

「……你說……一年半？」

「沒錯。這就是……這才是——『才能』。」

突然望向阿爾。然後不禁感到愕然。

因為他的臉上展露出令人毛骨悚然的笑容。

就像一個崇拜惡魔的人見到自己所崇拜的惡魔一樣。

那種瘋狂信徒的笑容。

「阿爾……你……」

「……啊，抱歉。行了，坐吧。」

我的心仍躁動著，就像耗盡力氣倒下般坐下。

「怎麼樣？說說妳的感想吧。」

「……我只能說，令人驚駭。」

只要見識到那種景象後，也只能那麼說，也想不到還有什麼詞彙了。

「我想也是。不過，妳若好奇盧克少爺是否善良，那他絕對不是。假如有平民不小心撞到盧克少爺，他應該會毫不猶豫地一腳將對方踹開吧？盧克少爺就是那種人。」

「…………」

原來如此……就是那名少年改變了你啊……

「才能這種東西啊，是由神恣意分配的。在那之中並沒有所謂的善惡之分。」

「這……」

很想反駁。然而，卻說不出否定的話來。我說不出口。

親眼見識到那一幕後根本反駁不了。

「現在想想，我無法戰勝妳的原因其實很簡單。妳有才能，而我沒有，僅僅如此而已啊。」

阿爾的目光彷彿遙望著遠方，如此喃喃說道。

「…………」

不對，你錯了，阿爾……你之前才不是那種男人……

「——容我鄭重地拒絕妳的提議……抱歉了。」

那種事我早就知道了。在你沒有立即回答時便已知曉。

不——看到你的眼神時，就已經明白了。

「我會就近見證啊！盧克少爺的成就。不論善或惡，我都想在離他最近的地方看著！哈哈！埃爾卡，妳是不是開始鄙視我了呢？」

「…………」

我已經無話可說，那時的阿爾……已經不在了啊。

「叫……亞貝爾是吧？那個小子將來或許有機會與盧克少爺交手吧。我打從心底希望到時候他能盡他所能地反抗。」

這是最後一句話，隨後我便離開了吉爾伯特家的宅邸。

「……用心地栽培亞貝爾吧。」

我會傾注一切在他身上，否則他絕對不可能戰勝那個名為盧克的少年。

能清晰地感受到自心底翻湧而上的熾烈情緒。

§

阿爾弗雷德本該在埃爾卡的推波助瀾下，成為亞貝爾的第二位師傅。

但並未如此，埃爾卡與阿爾弗雷德分別踏上迴異的路。

這背後的原因顯而易見，想必是「盧克．威薩利亞．吉爾伯特」這個男人令人費解的才能造成的吧——不，真正可怕的應該是這樣的男人開始「努力」了。

沒錯，這個故事早已開始偏離正軌——

第二章 努力帶來的影響

1

——「冒險者公會」。

這是從國家中獨立出來的機構，主要以討伐魔物的工作維生。

因此，成為「冒險者」的人，不會被他人利用在戰爭或政治爭鬥等與國家有關的紛爭上。這點就連米雷斯提亞王國也不例外，不過若是在戰爭時期，自然也會有國家徵召國民入伍。

在這種背景下，冒險者對於平民而言是一種相當受歡迎的職業。

然而，並不是任何人都能成為冒險者。

要成為冒險者所需的只有一種條件——就是「力量」。

不論身分有多高貴，或是擁有多高尚的品行，只要沒有足以討伐魔物的「力量」的人就無法成為冒險者。

反過來說只要有力量，不管什麼人都可以成為冒險者。

因此他們也有風險會變成威脅國家的武力集團，但在嚴格的規定下，那種情況幾乎完全沒有在歷史上發生過，這就是冒險者公會受到信任並被允許存在的原因。

此外，成為冒險者的人可以無視國境，自由自在地行動。

這意味著米雷斯提亞是擁有各種思想與價值觀的人們共同聚集的地方，也就是說冒險者們之間產生的「紛爭」也並不罕見。

不過，米雷斯提亞王國是魔法至上主義的事廣為人知，所以其他國家的冒險者也就鮮少造訪這個國家。

基於這些原因，大多國民都對冒險者公會抱持著「粗野之人集團」的印象，但事實上也無法否認。

雖然並非完全沒問題，對於冒險者的需求卻相當大。因為魔物的侵害始終不曾根絕。

因此，今天這一天的冒險者公會也熱鬧非凡——本該如此。

「剛才，第五個A級冒險者隊伍的『灰狼爪痕』報告說他們將暫時停止活動。」

「唉……」

「情況非常嚴重喔，您沒有時間在這裡嘆氣了。」

「啊～埃爾卡女士真是個美人啊～在她回王都前至少邀她去喝杯茶就好了呢～」

「請您適可而止，別再把三個月前的事掛在嘴邊了。請您不要逃避現實，若是不下決斷的話公會要垮掉了。」

「唉……具體來說？」

「您應該很清楚吧。請回絕掉這個『委託』。」

「不行不行不行！你也知道阿爾先生有多可怕吧？」

「可是！要是不回絕的話，公會就會垮掉的！」

「……唔唔唔。」

這裡是位於吉爾伯特侯爵的領地，名為「吉爾巴迪亞」城市中的冒險者公會。

難受地發出哀號聲的男人是擔任公會會長的「多爾切．潘奈柯塔」。

「唉……但確實得回絕呢。侯爵家明明就可以動用自己的騎士，卻非要把這種委託交給冒險者，還以為有什麼內情……拜託饒了我吧，阿爾先生……」

多爾切再次看了看手中的委託書。

上面如此寫道：

『請與吉爾伯特家的嫡子「盧克．威薩利亞．吉爾伯特」以近戰的方式進行模擬戰。武器沒有限制。在模擬戰中，不論「盧克．威薩利亞．吉爾伯特」受到何種傷害，均不追究您的責任。不過，若您受傷，吉爾伯特家將支付相應的謝禮。報酬如下方所示。若在模擬戰中取勝，報酬將翻倍。　報酬：一枚金幣。』

一枚金幣。

對於普通的冒險者來說是鉅款。

光是靠這筆錢，就足以讓他們享受整整一週夜夜笙歌的奢侈生活。

而僅僅只需要進行一次模擬戰便能獲得。儘管也會懷疑事有蹊蹺，但應該還是會忍不住出手嘗試。

此外完全沒有生命危險，也沒有指定等級，因此對於公會來說也只能允許各個層級的冒險者接下這個任務。

然而——這完全就是一份「惡魔的委託」。

僅僅三個月。

接受這份委託的五個Ａ級冒險者隊伍，全都宣布無限期停止活動了。

在此稍微來談談冒險者吧。

對於冒險者來說，抵達Ａ級是一個極為重要的門檻。要說為什麼，因為沒有才能的人不管再怎麼努力，最終就只能止步於Ｂ級，這是冒險者之間的共識。

因此Ａ級冒險者擁有屹立不搖的驕傲。那是Ｂ級以下的冒險者根本無法與之相比，對於自身「力量」的驕傲。

當然還有更高級別的存在。

有Ｓ級，還有被稱為最高級Ｘ級的人們。

然而那是僅授予那些「真正的英雄」或「超常者」的稱號，僅有極少數被選中的存在才有資格擁有，鮮少有人將此設為自己的目標。

因此大多數冒險者的目標便是達到Ａ級。

現在讓我們回到主題。

為什麼會有五個Ａ級冒險者隊伍無限期停止活動呢？

因為被迫認知到，自己經過極為艱辛的努力後好不容易得手的「驕傲」，其實是毫無價值、毫無意義的東西——這便是與真正的「怪物」相遇的後果。

『不像話，根本是在浪費時間。為什麼公會只派這種弱小的冒險者過來？』

『我記得上次來的是Ｃ級冒險者吧？你也一樣嗎？』

『Ａ級？少騙人了。不是Ｃ級嗎？為什麼要把實力相當的人區分開來？公會的等級制度實在太不可靠了。』

在真正的天選之子眼中，那些沒被選中的人無一例外全是凡人。

無論他們怎麼努力，永遠也無法觸及真正的高峰。

只不過是一群弱者自得其樂地分出高下而已。

不就是個可笑至極的事嗎？

是的，他們經歷百般苦難最終獲得的「驕傲」被否定了，至今為止的一切全被那個人嘲笑著否定了。

這是一件無比殘酷——卻又不足為奇的事情。

不過從另一個角度來看，他們現在正經歷一場篩選。

是否能再次振奮？還是會就此沉淪？只有那些見識過高峰，還能重新站起來的人，才是強者。

就算他們重新振作，或許也無法達到「真正的英雄」的領域。

即便如此，他們必定會比以前的自己更加強大吧——

§

嗯……我有在這兩年中意識到一些事。

不管怎麼做都已無法抑制自己的傲慢。不論我怎麼拚命抗拒也沒有用。解開這個詛咒的辦法似乎——沒有。

受不了……我今後也會繼續樹敵嗎？對冒險者們的態度也幾乎很糟糕，他們一定很恨我吧……

不過光是哀嘆也沒有用。

果然……最令我不安的，是被與我實力相當的對手打敗。阿爾弗雷德先生是因為比我年長許多，經驗也遠超於我。

可是，如果對手是同齡人呢？

要是我輸給那種對手，還能保有我的心智嗎？

——答案是否。

一旦敗北，膨脹的自尊心會崩然碎裂，我的自我會隨之崩塌。

屆時就是最壞的結局。「盧克」的意志就是如此強烈。

既然如此，果然……我就只能不斷贏下去。只能做好這種心理準備了。

——我應該接受……對吧？

這恐怕是寄宿在這個身體中強烈的「盧克的意志」。若今後必須不斷取勝，那麼我就不該抗拒，而是應該接受。

我的本能告訴我那樣比較好。

要是不能更像盧克，變得更加強大的話——總有一天會達到極限。在毫釐之差便能分出勝負的那種局面下，有可能……會無法取勝。

既然如此就應該接受。

因為在勝利這一點上，已經決定絕不妥協了——

「…………」

——嗯。

立於頂點之上。沒有任何人能夠超越我——深信事實就是如此，對此毫無懷疑的傲慢之心。

至今的心態完全不同……明明應該這樣。我卻明顯感受到一種「熟悉感」。就好像我本該如此，終於回歸自己原本的姿態一樣。

「……好輕鬆。」

曾對於藐視他人感到抗拒。

不過……我是「盧克」。瞧不起任何人反倒更自然。

在萌生這種想法的瞬間，我的心頓時感到輕鬆。

「……嘖！」

就在這時，我目睹到罕見的情景。

阿爾弗雷德先生正在和某人談話，卻突然嘖了一聲，毫不掩飾自己的情緒。

被咂嘴的那個男人連連低頭鞠躬，像是逃跑般的離開了。

「怎麼了？發生什麼事？」

我決定問問看原因。

「……是因為，公會會長親自來回絕了我們的『委託』。」

「這樣啊。」

……原來如此。

老實說和那些冒險者戰鬥真的是無聊得要命。

與冒險者進行模擬戰是因為阿爾弗雷德先生說：「接下來只能實戰了。」所以才開始的。然而，事實上以無聊一詞就足以詮釋。

……果然，很輕鬆。

雖然至今都在努力抗拒心中的這種想法……可是一接受了這個事實，就會變得輕鬆至極。

若要我毫不含糊地評斷的話，那些冒險者們的實力實在弱到不像話。甚至，他們還是這座城市裡最高級的冒險者，實在讓人失望透頂。

「——正好。」

嗯，這應該是個好時機。

我差不多也想開始了。

「您的意思是？」

「是時候了——我想知道關於『魔法』的事。去告訴我父親，請他聯繫魔法省，叫一位魔法鑑定官過來。」

§

——這是一個平凡的悲劇故事。

在米雷斯提亞王國中，若是平民，名字通常有姓氏，而貴族與王族則還有中間名。

然而，那個少年卻僅有「亞貝爾」這個單名。

是的，他是個孤兒。

亞貝爾在一座小村莊的小教會中長大。在那裡的生活絕不輕鬆，他每天都要種田耕地、採集藥草，才得以勉強維持生計。

然後才得以僅僅獲得恰恰足以果腹的食物——那是與富裕截然不同的生活。

但是，亞貝爾從來不覺得自己不幸。

教會的修女和其他孤兒就像是他真正的家人一樣，在這之中最年長的亞貝爾非常受到眾人喜愛。也沒有任何村民因為他們是孤兒而瞧不起他們。儘管貧窮，但所有人都關心著彼此，互相扶持地活下去。

亞貝爾最喜歡不管再怎麼辛苦、臉上也絕對不會失去笑容的村民們。

很幸福。真的很幸福。

深信這種幸福會一直持續下去。

然而——那卻在頃刻間迎向終結。

某一天，亞貝爾聽到了笛聲。

那是種優美到不禁令人駐足傾聽，且又帶著些許悲傷的旋律。

隨後，一種被稱為「森林巨人」的魔物伴隨著沉重的腳步聲突然出現，襲擊了村莊。這種魔物不僅有遠超其他物種的巨大體型，也因為擁有很高的智慧而有群體狩獵的特徵。

毫無武力可言的村民們根本無處可逃。

修女將孩子們藏在不同的地方。一個人也好也要讓他存活下來。

亞貝爾也依照那個指示躲藏起來。然而，縱使藏起身來也聽得到——

村民的慘叫聲。

某種物體「啪嚓」被碾碎的聲音。

刺耳的笑聲。

這對當時的亞貝爾來說，這些聲音實在是難以忍受。

他捂住了耳朵。即使如此，還是聽得到。

某人被殺、某人死去的聲音。

我不想聽。

我不想聽。

我不想聽。

不要、不要、不要、不要、不要——

是的——這是一個平凡的悲劇故事。

§

拉姆利子爵家沒有自家的領土，因此在王都中生活。

然而，次女的「莉莉・艾克里爾・拉姆利」對此並沒有感到任何不滿。因為她喜歡這座王都美麗的街道。

「老爺子，我要去散步了。」

「是，小姐。」

做好準備後就出門了。

這是她每天的習慣，已經持續了許多年，這為她單調且沒有變化的世界添增了些許色彩。她的散步路線早已固定下來。

不過——

「那個……我、我今天也要去埃爾卡女士那裡！」

「好的，小姐。」

大約在一年前，她多年不變的散步路線發生了重大變化。最近經常前往埃爾卡的道場，在那裡待一段時間後才返家。

這就是她「散步」的行程。

「……我不會給人添麻煩吧？」

「不，肯定不會。畢竟是小姐您親自前往，反倒會感到相當榮幸才對。」

「說、說得也是！完全沒錯！我們出發吧！老爺子！」

「遵命。」

被她稱為老爺子的執事保羅服務代代拉姆利家族，自莉莉懂事以前就一直陪伴在她的身邊守望著她。多少會遷就她也是無可厚非的事。

莉莉帶著幾名護衛走在街道上。

美麗的街景已經習以為常，不會使她產生太大的情感波動。

即使如此，莉莉的步伐卻輕快無比。

走了一會兒後，便可以看到她的目的地。

「呀啊啊啊啊啊啊！」

彷彿能衝破耳膜、氣勢十足的吶喊。

雖然莉莉最初覺得野蠻，但她現在已經習慣了。

而她來到這個地方並非毫無目的。因為她已經掌握了這個道場的休息時段。

「先到這裡。先休息一下。」

「呼……吁……謝、謝您……」

聽到了從道場裡頭傳出的聲音。如她所料，時機把握得很好。

「老爺子。」

「遵命。」

保羅走向那座散發著威嚴氣場的日式四腳門並準備敲門，但看來沒有這個必要。門發出「吱嘎嘎嘎」的聲音自己打開了。

「歡迎，進來吧。」

「好、好的……」

主動走出門迎接的是前王國騎士團團長，埃爾卡・艾・薩瑟蘭德本人。

莉莉覺得和埃爾卡相處起來有些彆扭。就像這次也是，好似全部都被她看穿一樣感覺不舒服。

她曾經問過埃爾卡為什麼總是知道她什麼時候過來，埃爾卡卻只會笑著回答自己：

「就是感覺知道啊。」這讓她感到更加不安。

話雖如此，莉莉只是不擅長與她相處，並非不喜歡。莉莉應邀就直接進入了道場。

走進道場後，首先映入眼簾的便是一名呈大字型躺在地上、渾身髒亂的黑髮少年。他的慘狀讓莉莉的臉上不禁浮現出些許笑容。

「看來你今天也被打得很慘呢，亞貝爾。」

「呼……吁……莉莉。」

少年——亞貝爾重重地喘著氣看著莉莉。

「怎樣？不歡迎我來嗎？」

「抱、抱歉。沒那回事，我很高興喔。」

「呵呵。」

只要語氣稍微強硬一些，亞貝爾總是會慌張失措。

那個模樣很可愛，所以莉莉經常忍不住想捉弄他。

「……果然，還在繼續訓練呢。」

「嗯。」

亞貝爾坐在木製廊台，大口大口地喝光了水。

雖然完全不講究禮儀，但莉莉似乎不介意。

「——所以你不打算放棄去『亞斯蘭魔法學園』就讀吧？」

「嗯。」

「…………」

亞貝爾快速地回答道。

神話英雄「亞斯蘭」不僅擁有足以與劍聖匹敵的劍術，同時也是傳說中的強大魔法師。以他的名字命名的「亞斯蘭魔法學園」，眾所皆知是王國最頂尖的魔法學校。

入學資格僅有「具有魔法天賦」一條而已。但僅憑那樣實在過於簡略。準確來說，應該是「具有屬性魔法的天賦」。

這條不成文的規定人人皆知。

在這所實力至上主義的學校裡，每個人都將這條規定視為理所當然的真理。能夠使用屬性魔法的人與沒有那種能力的人之間，存在的差異就是如此巨大。

在如同小規模衝突的那種戰爭中，幾乎不會派屬性魔法師上戰場。

至於緣由——就是因為會導致死亡人數激增。

如果發生了需要動員多名屬性魔法師的激烈戰爭，那個戰場最終將會變成屍橫遍野的世界吧。

亞貝爾為什麼會如此執著亞斯蘭魔法學園呢？王國騎士或冒險者就不行嗎？

不論再怎麼磨練劍術，即便能使用一些無屬性魔法，但只要沒辦法使用屬性魔法就是不夠警慎。

為什麼——要如此執著於變強？

莉莉不希望見到亞貝爾受傷的模樣。

她最近一直都在想該如何才能讓他放棄。

「沒用的。」

「……咦？」

「不管別人怎麼說，我都不會改變我選擇的道路——在很久以前，我就已經下定決心了。」

「…………」

（他真的好像埃爾卡女士呢……）

就像全都被他看穿一樣。

「我要變強。就算是死，也絕對不妥協。」

莉莉凝視著亞貝爾。

在他的眼眸深處，蘊藏的絕非是光芒或希望。

那是濃稠與蠢動的——「黑暗」。

那黑暗深不可測，彷彿能吞噬一切。

背脊不由自主地感到一股寒意。

「……哈哈。抱歉喔，突然說了些奇怪的話。」

然而，那種危險的氛圍在瞬間就煙消雲散了。

眼前的亞貝爾又變回了平時那種笨拙且令人無奈的老實模樣。

「真是的，你也要看看自己有沒有那種能力呀。」

「啊哈哈……也是呢。」

亞貝爾尷尬地搔了搔臉頰。

「——不過，我有點敬佩你喔。」

「咦？」

兩人初識時，莉莉就是典型的傲慢貴族。

正是因為知道那件事，亞貝爾才會這麼訝異。

「什麼嘛！有什麼值得那麼驚訝的！」

「因為莉莉妳……」

「啊～算了！」

莉莉像是為了掩飾她的難為情而猛然站起身。

「我今天來是為了說個消息的。我——有『水』屬性的天賦。」

「咦？真的嗎！恭喜妳莉莉！太厲害了！真的很厲害耶！」

「沒、沒什麼大不了的啦。」

那是表示讚譽的爽朗笑容。莉莉不禁開始思索，若立場對調的話，是否能如此打從心底給予對方讚美呢？

「所以——我的目標也是『亞斯蘭魔法學園』喔。從現在開始就是對手了，要有心理準備喔。」

「……哈哈。」

亞貝爾非常高興。

才能如此出眾的莉莉，居然願意將自己視為「對手」。

但不能只因為這點程度就滿足。

「我不會輸的喔。」

想稍微展現一下自己帥氣的一面，於是亞貝爾笑了。

必定是一條險峻的道路。狹窄至極，只要踏錯一步，就會立即墜入谷底那樣的道路。

不，那條道路甚至可能根本連路都稱不上。

即使如此，亞貝爾也早已下定決心。

再也不會——讓任何人奪走任何東西。

2

「啊啊～嗝……」

從早到晚沉溺於酒精當中，是Ａ級冒險者「札克・卡里森」近來的日常。因為只有在喝醉的時候才能忘記一切。

是的——只有這樣才能忘記那令人毛骨悚然的恐怖。

「……該死的！」

為了抹去腦海中再次閃過的那些場景，札克猛然將烈酒灌入口中。旅館的老闆看著這名從早到晚都泡在酒海中的男人不禁嘆了口氣，但對札克來說這根本無所謂。

這世上的一切都已無關緊要了。

——他曾經很嚮往成為「英雄」。

他以前喜歡聽吟遊詩人吟唱的冒險故事。

所以他成為了冒險者。然而，現實並不像故事一樣美好，他多次遭遇挫折。

儘管如此，還是不顧一切地拚命努力。他一點一滴累積的努力最終開花結果，在他即將三十歲時，他終於成為Ａ級冒險者。

是的，他撐過來了。真的很努力……然而——

——「怎麼？就這點實力？」

就像背脊碰到了冰塊一樣，不由自主地渾身顫抖。

（……可能到死也忘不掉吧。）

札克的主要武器和盧克一樣，都是「長劍」。

或許正是因為如此。

僅僅以劍相交數次後就明白了。

他被迫明白。

——無論怎麼掙扎，都無法獲勝。

而最令他絕望的是那雙眼神，那俯視著一切的眼神。

彷彿在告訴他，自己至今為止所做的一切努力全都毫無意義。

札克再次喝下酒，試圖將那段討厭的回憶洗去。

就在這時，旅館的門「吱嘎」一聲打開了。

他不由自主地望過去。

走進來的是從平民身分一路攀昇到王國騎士團副團長之位的男人——「阿爾弗雷德．狄格」。

「阿爾先生。」

「……嘖，臭小子。真看不下去啊。」

回應的話語可謂尖酸刻薄。

其實，札克和阿爾弗雷德來自同一座村莊。因此，「那份委託」對於札克來說是非常合適的，他可以藉此將現在的自己展現給他所尊敬的阿爾弗雷德看。

展現如今已成為Ａ級冒險者的自己。

然而，結果卻不是札克所期望的那樣。

「……對不起。」

札克挪開了目光。因為他無話可說。

不，他真正想避開的或許是軟弱的自己。

「看來你這傢伙想成為的『冒險者』也沒什麼份量嘛，札克。」

「…………」

「算了。有客人來找你。」

「……客人？」

思考了一下卻完全沒有任何頭緒。不顧如此的札克，有人直接開了門。

走進的是一對看似母子的女性和孩子。

「請問……您是『灰狼爪痕』的札克先生嗎？」

「呃……啊，對。我就是札克……」

一聽到札克這麼說，那位女性和孩子就立刻露出了有如花朵綻放般的燦爛笑容。

「真的非常感謝您消滅了『巴西利斯克』！不只是我們，整個村莊的人都非常感激您！」

「謝謝您！叔叔！」

那是毫無虛假的真摯謝意。

「……沒、沒什麼……我只不過是完成委託而已。」

「就算是這樣，還是非常感謝您。」

那對母子表達了一陣感激之意後，一邊對札克數度鞠躬致謝一邊離開了。最後只剩下愣住的札克和默默地觀察這一切的阿爾弗雷德。

「阿爾先生，這到底是……」

「誰知道。我只是被拜託了而已。我要走了，可沒空理會你這如此沒價值的傢伙啊。」

阿爾弗雷德拋下這句話後便離開了。

被獨自留下的札克感到有些錯愕，隨後就將杯中僅剩的酒一飲而盡。

「……感謝我？」

已經很久沒有人當面對自己說那種話了。

承接委託、賺取金錢、提高名聲。

這就是他的日常。所以，在不知不覺間忘記了。

忘記了為什麼要成為冒險者、為什麼會嚮往成為英雄——那真正的理由。

「嗯……看來我確實幫助到某些人了呢。」

出現了高峰。

即使再怎麼伸出手，也無法觸及的高峰。

儘管如此，自己拚命掙扎、努力累積至今的一切，絕非徒勞無功。

因為，在這個世上一定有人需要這份力量。

因為，即使是再偉大的英雄，也沒辦法保護所有的人類。

「……哈哈，我根本還是個小鬼。」

那天，札克的酒杯沒有再倒入任何一滴酒。

幾天後，A級冒險者隊伍「灰狼爪痕」決定重新開始活動。

然後又過了幾天——札克才得知這件事，是因為阿爾弗雷德在聽聞了冒險者公會的現狀後一手促成的。

§

一輛裝飾精巧、揚著米雷斯提亞王國旗幟的馬車在路上奔馳著。

各種魔法道具毫不吝嗇地用在馬車上，即使行駛在多麼崎嶇不平的道路上，車廂內的乘客也幾乎感受不到任何顛簸。

那輛馬車周圍有十名身穿純白鎧甲的人騎馬並行，他們是王國騎士團的成員。

騎士們的任務是護送馬車中的乘客，然而這只不過是所謂的流於形式而已。

因為——馬車內的其中一名乘客是「屬性魔法師」。

「吉爾伯特家。是擁有極高魔法天賦的家族，但是在過去這幾年裡似乎沒有出現過

『屬性』呢。」

「啊啊啊啊好想快點回去喔喔喔……為什麼會是我？待在外面太難受了。我想留在家裡。我討厭陽光。」

「……吉爾伯特家是有權有勢的大貴族。請您一定要注意禮節喔，我也會儘量協助您的。」

「我知道啦，輔佐官。你以為我是誰啊？」

——「艾米莉亞·馮·埃列夫塞利亞」。

她擁有許多頭銜，但其中最重要的應該就是「屬性魔法研究局局長」了。

魔法省麾下有許多進行各種研究的魔法研究部，在這之中，專門負責研究屬性魔法的便是屬性魔法研究局。

艾米莉亞以年僅二十二歲的年輕特例之姿坐上屬性魔法研究局局長之位，毫無疑問是非凡的天才。而她同時也是這個國家中對於屬性魔法理解最深的人物之一。

但現在艾米莉亞的頭銜不一樣。

她現在擔任的職務是負責判斷有無魔法天賦與魔法是否有屬性的「魔法鑑定官」，因而坐在這輛馬車上。

「唉——早知道就不該取得這種職位的————」

她會取得這個職位，單純只是為了方便她研究屬性魔法，這次卻是個災難。吉爾伯特家族要求「派遣『最優秀』的魔法鑑定官前來」，而艾米莉亞則恰好符合這個條件。

吉爾伯特侯爵是領土面積僅次於國王的大貴族之一，其擁有的軍力和財力不容小覷。因此，王宮也無法忽視吉爾伯特家這次的要求。

只不過是鑑定魔法天賦這點小事，不知為何吉爾伯特家會提出「最優秀」這一條件，引起許多人議論紛紛。大家都在猜測吉爾伯特家是否有什麼意圖或有何隱情。

儘管各種臆測滿天飛，實際上這只不過是因為吉爾伯特侯爵對於盧克的溺愛所導致的結果，而這卻無人知曉。

「請您別那麼沮喪。說不定或許能發現『稀有屬性』喔？比如說——」

「——『光』之類的？」

艾米莉亞打斷了被派遣來擔任輔佐官的男子的話。

「嗯～如果真是那樣就好了呢。但是無法期待啊～畢竟上次確認到稀有屬性是什麼時候的事？我記得應該是……亞斯蘭魔法學園前任校長的師傅，好像就是擁有『光』屬性？」

「是的，在紀錄上是這樣沒錯喔。」

「唉～～好想親眼見識一下啊啊啊啊。前校長是掌握了三種屬性的超強魔法師，可是據說他根本不是他師傅的對手欸～」

「真令人難以置信。」

「好想看看喔～我超想親眼見識一下的～啊——我要睡了。到了再叫醒我。」

「我明白了。」

艾米莉亞一說完，便靜靜地闔上了她那對總是顯得困倦的眼睛。

§

當艾米莉亞等人下馬車後，前來迎接她們的是吉爾伯特家的家主「克勞德．格雷．吉爾伯特」、執事阿爾弗雷德，以及一些隨從。

克勞德的五官深邃，整齊的鬍鬚更加凸顯了他的威嚴。但是因為他的目光有如猛禽般銳利，見到他的人都會心生敬畏。

初次見到克勞德的人，很難看出他是一個極度溺愛孩子的父親。

「初次見面，吉爾伯特卿。今天的魔法鑑定將由我負責進行，我叫艾米莉亞．馮．埃列夫塞利亞。」

「妳好，歡迎妳，艾米莉亞女士。有聽說過妳的事蹟，很放心能由妳來鑑定我兒子的天賦。」

「不敢當。」

此刻的艾米莉亞絲毫沒有先前在馬車上看到的那種倦怠感。

「那就請妳立刻開始吧。阿爾弗雷德，帶她到房間去。我去帶兒子過來。」

「遵命，老爺。請跟我來。」

艾米莉亞在阿爾弗雷德引領至的房間等待了幾分鐘後，房門喀嚓一聲打開了。

那裡有三人，是盧克以及他的雙親。

「……怎麼連妳也來了？」

「這可是兒子的魔法鑑定喔！我怎麼能錯過！」

「唉……艾米莉亞女士，不好意思，可以讓我們在這裡旁觀嗎？」

「當然可以。」

盧克毫不在意三人的交流，逕自在艾米莉亞的對面坐下。

「就是妳嗎？聽說妳很優秀呢。」

「……您過譽了。」

盧克那副理所當然高高在上的態度，儘管讓艾米莉亞感到有些不悅，然而她絕未將其表露出來。

「行吧。快開始。」

「在開始之前我需要確認一件事。如果鑑定結果顯示您擁有某種『屬性』，那麼您將有義務取得『屬性魔法行使資格』。」

「……也就是說，一定得去某間魔法學校讀到畢業？」

「正是如此。」

「嗯。」

盧克稍稍陷入沉思。

（嗯，這是「枷鎖」吧。目的應該是為了避免屬性魔法師出走到其他國家。）

儘管他考慮了很多，但無論是哪條路，現在都不可能不選擇接受魔法鑑定。

「沒問題。」

「我明白了。那麼接下來，我將對您使用『情報魔法』中的『鑑定』。」

艾米莉亞說完，便朝盧克舉起一隻手。

接著出現了一個幾何圖形的魔法陣——然後消失了。

「……咦？」

「怎麼了？發生什麼事？」

是魔力被吸走的感覺。

艾米莉亞敏銳的頭腦迅速得出了鑑定的答案，但就連她自己也無法相信這個結果。

因此她僵在原地數秒。

「……再來一次。」

額頭滴落冷汗。

——怎麼可能。

艾米莉亞再次使用了「鑑定」。果然，再次感受到魔力被吸走的感覺。

因此她不得不注入更多魔力。

於是，從疑惑轉為確信。

「——闇。」

艾米莉亞確認了鑑定的結果後喃喃說道。

「是什麼？妳剛才說什麼？我兒子有屬性魔法的天賦嗎？」

克勞德的聲音響起，比起盧克還緊張數十倍並焦急地想知道結果。

然而，那個回覆卻完全出乎他預料。

「——是『闇屬性』啊啊啊啊啊啊啊啊啊！太棒了啊啊！真是有夠讚啦啊啊！」

艾米莉亞突然怪叫出聲。

整個人氣質驟變。

在其餘人都無言以對的情況下，盧克默默地陷入沮喪。

（「闇」……完全就是反派的屬性嘛……）

§

——蝴蝶效應。

盧克開始學習劍術。

他每天都辛勤地鍛鍊自己的劍術，認真努力的身姿深深地打動了克勞德，使他對兒子的溺愛之情更加嚴重。

結果，在申請派遣魔法鑑定官時，他在書信中增加了「最優秀」的這一個條件。

由於王宮無法對吉爾伯特家的要求置之不理，所以就派遣了儘管優秀卻對魔法癡迷的艾米莉亞前去。

本應在將來才會從他人口中得知盧克的「闇屬性」，因而直接被確認。

於是——艾米莉亞發出靈魂的吶喊。

2・5　小插曲　艾米莉亞局長的日記

○月○日

真不敢相信。

我到死都不會忘記今天發生的事。

「闇屬性」應該好幾百年都沒出現過了。至少過去一百年的紀錄中都沒有。

實在是驚訝到不小心有些失態了，需要反省。

可是我無法抑制這種求知欲。沒辦法，絕對沒辦法。

因為誰教我實在是太想理解「闇屬性」了！

明天就聯絡魔法省，告訴他們我要暫時留在「吉爾巴迪亞」好了。然後再請求吉爾伯特卿允許我研究盧克的「闇屬性」。

嗯……雖然我不太擅長和人交涉。

希望能順利。

○月×日

從結果來看，交涉算是很順利。

可是吉爾伯特卿卻拜託我教盧克魔法。

……我實在是不擅長教人呢。不過要使用屬性魔法就一定得先鞏固魔法的基礎知識，所以一定得要有人教導他。

雖然確實是有亞斯蘭魔法學園的教師資格啦～

可是那只是我為了能自由進出那所學校才去考的呢。

那裡的大圖書館很棒，研究設施也很完善，有了教師資格就能免去各種麻煩的手續，非常方便。

但是說實話，我對培養後進根本沒興趣。

唉……好擔心喔。從學生時代開始好像就沒有人能理解我教的東西。

○月△日

……今天是開始教盧克魔法的第一天。

我在今天明白了一件事。

那就是，盧克根本就不需要老師。

這孩子是怎樣！未免也太誇張！那種人只要給他一本魔法書不就夠了！

我至今一直被各種人稱之為「天才」。坦白說，從客觀的角度來看，我也認為自己有魔法天賦，大多知識都可以輕輕鬆鬆地學會。

……可是，盧克不是這種層次的人。

到底誰能在第一次操控魔力的時候，就可以那麼精細地控制？

到底誰能在剛學魔法的第一天內，就能用出數種無屬性魔法？

答案是——沒有。

那種事情是不可能的……我曾經如此認為。但盧克卻在我的眼前做到了。
有夠扯，真是太扯了……那孩子到底是怎麼回事？

○月◇日

魔力儲備量是天賦，魔力釋出量要靠努力。
經常有人這麼說，但是我的看法不同。我認為這兩者都需要天賦。
只是，靠努力是無法改變與生俱來的魔力儲備量而已。
今天我用了情報魔法「魔力感官」後嚇到了。
這種魔法能夠讓人用視覺看到魔力。
我親眼看到了盧克那龐大無比的魔力。
他的魔力量可能不亞於魔法學園的校長或魔法騎士。不，甚至可能更高。
不過剛來到這個地方時，就已經感受到很強大的魔力就是了。
吉爾伯特卿的魔力也很厲害，這就是血統吧。
總之今天的教學也很順利，像往常一樣超出了我的預期。
厲害到這種地步，或許反倒讓教學變得有趣起來了。

○月□日

……好扯，真的是太扯了。

只用了十八天。

盧克只用了十八天，就澈底學會本來應該花費數年時間才能學會的魔法基礎。幾乎能夠使用所有無屬性魔法了……真的是太扯了。

我有聽說過吉爾伯特家嫡子的傳聞。明明是貴族，卻是喜歡練劍的怪人。

即使是像我這種只專注在研究、不太關心世事的人，在這兩年內也有聽說在貴族間流傳的這個傳聞。也可能是因為這樣，一開始請我教導他魔法時，認為他不可能在十五歲，也就是能參加魔法學園考試的年齡前準備好。

因為，剩餘不到兩年的時間了。然而事實卻完全相反。

他是個擁有超乎常理魔法天賦的「怪物」。

而且因為他還從不懈怠，所以真的很可怕。

然後，終於……明天終於可以開始教導他屬性魔法了！

太棒了啊啊啊啊！啊啊我等不及了！

實在太興奮了，今天可能會睡不著喔。

○月◎日

「光」驅逐一切，而「闇」吞噬一切——正如傳說所述，光屬性擁有「反射」的特性，而闇屬性則擁有「吸收」的特性。

這是正確的！當然，這點程度的研究是有紀錄的，但是親眼見到果然好感動啊！

「吸收魔法」這種特性實在太厲害了！真的太誇張！

雖然這很令人興奮，但很煩惱接下來該怎麼教他呢。

畢竟稀有屬性很少有前例，所以要教學也很困難。

是說，他必須自己開創的部分實在太多了。

所以決定先展示我的屬性魔法給他看。

我的屬性是——「音」。

坦白說，我的音屬性很強。非常強。

我的屬性魔法全都是「看不見」的，而且以「音速」釋放。

要是有普通人與我為敵，對方可能會在不知道發生什麼事的情況下就死去。

給盧克展示了一個叫「音之箭」的魔法。這雖然是非常基礎的魔法，但添加了音屬性後，它變成肉眼看不見、音速的一擊。

嗯，我的魔法真強。

平時總是高高在上的盧克，在見到這個魔法時卻顯得有些驚訝，有點可愛。

闇屬性具有「吸收」的特性，雖然應該有上限，但理論上它可以成為最強的矛與盾……不過，能不能防禦住我的魔法則是另一回事了。

見到我的魔法後再防禦是不可能的，因為根本就來不及發動魔法。

我想盧克立刻就理解了這一點。

他當場就陷入沉思。結果，今天的教學就這樣結束了。

嗯～也許一開始就展現我的魔法給他看，不是個好主意。

教學真的很難。

○月＃日

太扯了太扯了太扯了太扯了太扯了太扯了太扯了太扯了太扯了太扯了太扯了太扯了太扯了太扯了太扯了太扯了……真的太扯了。

盧克把那種魔法——命名為「闇之加護」。

只要是魔法師都會「魔力感知」。

這是一種能夠感知到魔力的簡單能力，甚至不算是魔法。

然後，最基礎的防禦魔法就是「魔法障壁」。

盧克說他將這兩種魔法的效果「連結在一起」了。

這是就連我這個屬性魔法研究局局長，也沒辦法理解的理論。

「闇之加護」就是讓他在感應到魔力的瞬間，發動「魔法障壁」的魔法。也就是說，盧克可以運用這個魔法半自動地防禦他人的魔法。

甚至不需要特別去意識，就算是看不見或以音速釋放的魔法也一樣。

當他說：「試試看。」我一開始是不相信的……但實在是無法抗拒這種欲望。

我的魔法即使減弱了威力，只要直接命中也足以造成重傷。

即使如此……即使如此我還是無法。無法抗拒想嘗試的欲望。

現在回想起來，我真是太自私了。

但是……盧克所說的是真的！

我的魔法完全被他防禦下來了！超扯的！這真是超扯的！

照盧克所說，因為「闇之加護」是無意識的情況下發動的魔法，所以似乎只能防禦某種限度以下的魔法。

就算是這樣，盧克絕對不清楚這樣有多厲害。

他真是太沒有常識了啦！

而且，這還沒完。

盧克甚至還能模仿重現他用「闇之加護」吸收的魔法！

他真的在我眼前重現了我的「音之箭」！

啊啊啊啊啊啊啊！實在有夠扯——（字跡模糊無法閱讀）

○月☆日

盧克現在已經能夠使用基本的「闇之箭」了。是說，他在研究出「闇之加護」之前就該先學會這個才對吧。盧克真是在各方面都很奇怪。

雖然已經習慣了。

我的「音之箭」是擁有「看不見」及「音速」這兩種特質的魔法，而盧克的「闇之箭」則擁有「吸收」的特性。

也就是說，對手的「魔法障壁」的魔力量，必須超越「闇之箭」的魔力，否則就會被吸收進而無法防禦。

更可怕的是闇之箭吸收到的魔力，還會增強這魔法的威力。

啊啊啊啊啊，「闇屬性」真～～是棒透啦！充滿了無限的可能性！

留在這裡果然是正確的選擇。想研究的東西一個接一個地湧現。

我想再多多了解「闇屬性」。

啊，話說回來，最近會有一場派對。

那是場為了慶祝發現盧克有「闇屬性」所舉辦的派對。

侯爵要我也出席那場派對啊啊啊——不想去啊啊啊——

只想靜靜地待在暗處觀察盧克的魔法啦～

肯定會有很多貴族會來，不得不表現得得體一點呢。

好憂鬱。

3

不對，等一下。

艾米莉亞……女士。實在是太驚人了。「音魔法」是什麼鬼……太強了。

就算明顯地削弱了強度，還附加了肉眼看不見這種額外的特性。

坦白說，就算艾米莉亞女士是世界上最強的魔法師，我也能接受。

——「音之箭」。

第一次看到時我顫抖了。

心想要是我被那種魔法攻擊到的話就完了。這個世界上居然有這麼噁心的魔法，使我打從心底感到恐懼。

與此同時，心中也湧起如烈火般的憤怒。又遇見一個在我之上的人。

真是讓人厭煩。

必須想出對策，就算拚了命也得想出對策。

幸好，艾米莉亞女士非常詳細地教導我魔法的理論體系。

老實說，那個人有點……不，是相當不尋常。

……在指導我的時候那個人的臉……呼吸急促，嘴角還會流出口水，那副表情看起來根本就是瘋了。

那表情明顯是腦袋裡有某些重要構造出了問題的人。

但教授的內容是可信的，和艾米莉亞女士共處的時光非常有意義。

不過，發現在指導時好像太常說「就是先用力，然後就咻嚕嚕嚕的這種感覺♪」之類的擬聲詞……但我聽得懂。

然後，為了對抗艾米莉亞女士的魔法，創造出來的就是——「闇之加護」。

雖然下意識間施放出的魔力量會大幅減少——有這項缺點，但我認為自己創造的魔法非常好。

真是連我自己也會感到驚嘆的「天賦」。只要稍微努力一下，就能立刻得到成果。

不，即使不努力，大多數的人也都會被我踩在腳底下。

各方各面都證明了我是「被眷顧的一方」。每當我這麼想時，自尊心就會高漲。

然而——至今我已經認識了兩個實力遠超自己的人。

啊……真的很幸運。

必須努力才能跨越的牆就在前方，對於「我」來說，還有比這更幸運的事嗎？

很好，真的很好。

這樣我又能更接近了。

前往再也不需仰望他人——真正的高峰。

只有在那裡，才能獲得真正的安寧。我要擊潰所有擋在我眼前的障礙。

儘管很麻煩，但我別無選擇。

「盧克。」

聽到父親叫喚我的聲音。

對了，我現在正在聚集了虛偽貴族的派對當中。

過度沉浸於思索確實不太好呢。

「您有什麼事嗎？父親大人？」

「你有看中的女孩子嗎？」

「……什麼？」

真的不知道他是什麼意思。

「我剛才問你，你有沒有中意的女孩子？」

「…………」

原來我沒有聽錯啊啊啊啊！也太突兀了吧！

這個人怎麼一臉嚴肅地突然問這種問題！

「……沒有特別中意的。」

我靜靜地回答道。

確實和許多男男女女交談過，但那樣的人一個也沒有。

「嗯，是嘛。」

……這個人到底是怎麼回事！儘管他是我的父親，卻完全搞不懂他的意圖！

「有很多人來找我談你的婚事，但我全都拒絕了。你知道為什麼嗎？」

「……不知道。」

「盧克，因為我想讓你自己選擇。」

原來如此。我知道自己並沒有未婚妻，卻不曉得這背後的原因。

以為貴族就是一種會注重與有權勢者「攜手」的群體，不過看來我的父親不是那種人。

「如果有喜歡的女孩子就告訴我——我絕對會讓對方成為你的妻子。就算她是王族也沒問題。」

「…………」

確實很有「盧克的父親」的感覺。

他相當傲慢，深信自己確實能辦到那種事，沒有絲毫懷疑。此外他的眼神中也沒有藏著任何惡意，但就是因為這樣，他的言行才顯得惡劣。

「非常感謝您，父親大人。」

總之先道謝吧。

「嗯，沒事了。你繼續享受派對吧。」

我不禁嘆了口氣。光是和眼前這些存不存在都無所謂的貴族往來就很累人了，突然被父親叫去說話還以為有什麼重要的事，結果居然是這個。

還是應該坦率地對他說「父親大人，您別多管閒事」比較好？

不，這樣反而只會讓狀況變得更麻煩……不過，我明白了。

在原作裡，「盧克」龜縮在家裡足不出戶後，下一個成為主角敵人的人應該就是父親了。

他不顧前因後果對主角產生恨意，試圖動用手邊所有力量擊潰主角。

感覺上就是所謂的「第二章——貴族謀略篇」吧。

算了，反正不會變成那樣。

「——都被鑑定出稀有屬性了，你的表情看起來卻不怎麼高興呢。」

耳際傳來女性的聲音。

差點脫口說出「這次又是怎樣」這種話。我懷著疲憊的心望向說話者。

向我搭話的人是一位相當美麗的女性。她擁有一頭透亮的銀色長髮、細長而清秀的藍色眼眸，以及細膩的白皙肌膚。

要是她走在大街上，想必不分男女都會被她的美貌所吸引吧。

不過，卻從她身上感受到那種美女特有的冷漠感。坦白說她不是我喜歡的類型。

我喜歡的是那種情感豐富、能在微不足道的日常中表現出喜怒哀樂的活潑女孩，而眼前的這個女人卻與我的理想類型完全相反……現在會往這方面想，毫無疑問都是父親造成的。

「——我記得妳是愛麗絲．倫．隆茲戴爾對吧？」

「喔？原來你知道我是誰呢。盧克．威薩利亞．吉爾伯特。」

她是隆茲戴爾伯爵家的長女，這應該是我們第一次見面。

我記得她的名字，意味著她是個有權勢的優秀貴族。

「我可以直接叫你盧克嗎？」

「隨便妳。」

「嗯。那你叫我愛麗絲就行了。」

……唉，這是怎麼回事？說真的她為什麼要來找我搭話？

「妳能使用屬性魔法嗎？」

儘管我並不是特別感興趣，但還是隨口問道。

「你的態度還真是高傲呢，不過我還是可以回答你：『我會。』」

「這樣啊。」

我看著這傢伙突然產生一個想法。

她能用的應該就是「冰屬性」吧？她整個人散發一種冷若冰霜的氣質……在這種故事世界裡更有可能是如此。

「──是『冰』嗎？」

「……是誰告訴你的？」

居然真的猜中了。她的屬性就跟她表現出的氣質一樣，反而讓我感到驚訝。

「不過還不只這樣喔。」

「……喔？」

「──『冰』和『毒』。這些就是我的屬性喔。」

……哇。

這兩種屬性還真是厲害……不過很有反派的風格，完全不輸我的「闇屬性」。

「……你好像不怎麼驚訝呢。」

愛麗絲似乎對我的反應有些不滿。儘管她的表情幾乎沒有變化，她的情緒卻表現在聲音當中。

「因為自己是稀有屬性就瞧不起我嗎？」

「呵呵，我可沒有那麼想。」

我的話語讓她的態度變得更加冷冽了。

「……行吧。你明天有空嗎？我們來一場模擬戰吧。」

「妳說模擬戰？」

「嗯。本來這種事通常是不會被允許的，但只要有她在，或許就可以。」

愛麗絲視線的盡頭正是艾米莉亞。她現在的形象堪稱典型的貴族千金，從她平時的模樣完全無法想像她會「正經」到這種地步。

……反差太大了。不過這不重要，總之——

「可以，就這麼決定了。」

我不會逃避他人對自己發起的挑戰。

§

愛麗絲的外貌出眾，也擁有很優秀的魔法天賦。

因此，她在「肯定」自己的人們環繞下成長。

但與之相反的是愛麗絲的兄長「約蘭德」，由於他稱不上優秀，進而促成了愛麗絲的人格扭曲。

約蘭德很溫和，極為溫和。

無論被輕蔑到何種地步，不管遭受到多麼粗暴的對待，他對家庭的愛也不會有絲毫動搖。他就是如此溫和的男人。

愛麗絲和約蘭德自然而然被眾人拿來比較。愛麗絲受到讚美，而約蘭德則遭受斥責。

這種情景在隆茲戴爾家中是常態。

孩子在成長中會效仿父母。愛麗絲在不知不覺間也開始輕視她的兄長約蘭德，而她這種態度也隨著年齡的增長逐漸變本加厲。如今儘管愛麗絲不會對約蘭德暴力相向，但對於他的謾罵已經不是什麼少見的事了。

然而無論一個人的性格再怎麼溫和，正常的人根本無法承受這種生活才對。

是的，約蘭德的心中藏有祕密。

那就是──他是個重度「妹控」，同時是個「受虐狂」。

因此，他不覺得那是痛苦的事，反而會在愛麗絲的鄙視和辱罵中產生性興奮。

他所表現出的溫和並非虛假。在常人眼中看來，那些無不會心生憐憫之情的境遇，對他來說卻是無與倫比的幸福。

正因為如此，他的性格才會變得溫和、變得極為溫和──然而，約蘭德「溫和」的性格卻扭曲了愛麗絲的人格。

在長年不停辱罵比她年長的兄長的過程中，她的內心逐漸萌生「嗜虐心」。在她心中萌生的小小嗜虐之芽伴隨著她成長，使她慢慢變成了「虐待狂」。

在那之後經過一段時間，她與盧克相遇了。

當愛麗絲見到盧克那藐視一切的眼神時，她的心頓時被一個強烈的欲望掌控了──她想讓那種傲慢的眼神「染上屈辱」，她無論如何都抗拒不了這個欲望。

盧克是被鑑定為「闇屬性」的存在。

但愛麗絲知道他開始學習魔法還不到一個月的時間，而她學習魔法的時間已有三年，更是身有兩種屬性的天才。

沒有理由會輸。對，根本沒有理由會輸。

「啊啊啊啊啊啊啊啊啊啊啊！」

愛麗絲悲痛地叫喊著，同時胡亂射出魔法。

然而，毫無意義。一切都被「闇」吞噬後消失了。

她根本無法阻止悠然靠近她的盧克。

隨後，一把劍便抵在愛麗絲的頸部——又一次。

「盧、盧克！到此為止！到此為止了——！不能再繼續出手嘍！啊……還是稍微再一下就好……果然還是不行！」

艾米莉亞的聲音響起。

「妳真是半吊子啊。不管什麼都沒辦法做到完美。」

「呼……吁……」

愛麗絲趴伏在地。她幾乎用盡了所有魔力，以致現在甚至無法好好站立。
不管挑戰多少次，結果都一樣。只會被盧克接近，並且被劍抵著脖頸。
然後就此結束。
無論使用了「冰屬性」魔法或是「毒屬性」魔法，全都沒有任何意義。
只是被「闇」吞噬而告終。
什麼也無法理解，已經連比試都算不上了。
「呼……呼……」
而每當她落敗，都會沐浴在盧克那踐踏人自尊心的話語中。
那些話，正是愛麗絲至今為止恣意砸向自己兄長的話語。
「真難看啊妳。就這點實力還敢挑戰我。」
愛麗絲本應該給予對方屈辱，但最終飽受羞辱的卻是自己。
她的自尊心崩然碎裂。至今的驕傲就此無影無蹤地消失。
她的心無法承受這樣的負擔。
「呼……呼……再來……」
——有的時候，人的心會「澈底反轉」。

這是為了保護自己的內心，還是揭露了自身原有的本性呢？

沒有確切的答案，不過愛麗絲的心確實澈底轉變了。

「再來……呼……繼續辱罵我啊……儘管辱罵我吧……呼……」

「……啊？」

換言之——從「虐待狂」變成「受虐狂」了。

§

如果有喜歡的女孩子就告訴我。

這麼說完的隔天，發現盧克不就和一個女孩子見面嗎？

這大概是那種情況了吧。

在盧克的父親克勞德華麗地誤會後，便以他的好手腕極其順利地推動愛麗絲與盧克兩人的婚約，然而盧克在很久以後才知道這件事——

§

「……咳呃！」

滿身瘡痍的亞貝爾用手撐著地面，吐出血沫。

這幅景象非比尋常。然而，這絕非罕見。

就只是日常。對於亞貝爾來說自然無比的日常。

「停下來。別再繼續了。」

「再一下……再一下子就好……」

「這樣啊。果然不停啊。」

「——唔！」

埃爾卡的手刀使亞貝爾那雙如血般鮮紅的雙眸失去光彩。

易如反掌地讓亞貝爾失去了意識。他的身體早已超過極限，魔力也完全枯竭了。亞貝爾根本沒有能力反抗。

「唉……受不了。這樣真的好嗎？每天都在自問自答啊——傑菈。」

「遵命，埃爾卡大人。」

——「治癒。」

被稱為傑菈的女性如此詠唱的瞬間，亞貝爾的身體被綠光包覆，剛才使他瀕死的傷勢猶如虛幻般癒合了。

「今天是第幾次了？」

「……應該超過五十次了。」

「真的是瘋了呢，也給妳添了麻煩。」

「請您別這麼說。只要能用我的這種力量回報埃爾卡大人的恩情，即使只有一些些也好，沒有什麼比這個更高興的事了。」

「妳這傢伙還是一如既往地固執。都已經說過那麼多次叫妳去當神官了，到頭來還是不願改變自己的信念啊。」

「因為我實在無法認同神殿那種只會為付錢的人治療的想法。」

「……呵呵，真是個怪人啊。不過，我也沒有資格對別人說這種話就是了。」

埃爾卡突然垂下視線，望向亞貝爾。

他不算是有劍術的天賦，儘管會使用魔法，但也沒有那個才華。

即使如此，這名少年就像是被什麼東西附身一樣，不斷追求「變強」。
埃爾卡正因為知道他想要變強的理由，所以無法阻止他。
「——要是沒有變強的『路』，就能直接要你放棄了。」
亞貝爾當然無法使用屬性魔法。
而他會使用的無屬性魔法也只有一種。
然而——正是因為那一個魔法，使亞貝爾有了能通往高峰的「路」。
不，或許應該說只是「連通」了而已。那是條稱不上道路，既狹窄又荒蕪的小徑。
若看在正常人眼裡，這種小路是會在下意識間被排除在選項之外的。
『太好了……真的太好了……我一直很擔心自己要是什麼天賦都沒有的話該怎麼辦。但是這麼一來——只需要前進就行了。』
有通往高峰的路。
埃爾卡永遠不會忘記亞貝爾知道這個事實時，露出了彷彿被某種東西附身的笑容。

不管那是什麼，但那條路確實存在。對於亞貝爾來說這就已經足夠了。
這一天同時也是埃爾卡重新下定決心的日子。
亞貝爾會崩潰。要是自己沒有引導的話，他將會輕易崩潰……這就是她的想法。
埃爾卡很煩惱。一直思考一直思考，直到筋疲力盡。
不知不覺間思考到黎明，這種事甚至到了已成常態的地步。
希望亞貝爾能夠幸福。埃爾卡如此由衷希望。
不要再繼續下去了，放棄吧。強大並不是一切，在世上還有許多不同的選擇。
她無數次想將這番話說出口——但是……

「……我沒能說出口。」

每當她看到那雙充滿決心和瘋狂的眼睛，那些話就會不知道消失到哪去。
埃爾卡知道「那種眼神」。她已經理解了——無論說什麼都是沒用的。
亞貝爾不會停下來，也不能停下來。
正因如此，埃爾卡也做好了覺悟。

做好了要與亞貝爾一同踏上那修羅之路的覺悟——

§

「隨時都可以。」

「我開始了。」

一剎那，阿爾弗雷德的身影消失了。他以一般人的眼睛完全無法追上的速度急劇加速。

接著藉此橫劈出一記斬擊。

盧克很清楚自己無法正面接下那一擊。有著絕對無法彌補的體格差異，純粹僅靠身體的力氣來爭勝是沒有勝算的。

因此他所需要的是在那之上、能輾壓對方的技巧——那些需要流血流汗鍛鍊自身最終才能使出的技巧，盧克就像呼吸一樣輕易地展現出來了。

他以完美的時機和角度接住了阿爾弗雷德的劍。

可謂優美至極的格擋。

然而，盧克能接下這一擊也在阿爾弗雷德的預料之中。盧克能防住這種程度的攻擊是理所當然的，因此是以會被防禦住作為前提而行動。

在下個瞬間，阿爾弗雷德毫不留情地一腳踢出。
這一擊超脫了王國劍術的招式，只專注在突襲對手的破綻。
但盧克側過半個身子避開了這一腳。
不僅如此，他還以間不容髮的銳利突刺襲向阿爾弗雷德。

（太棒了……！不僅用最小的動作迴避突襲，甚至還能反擊……！）

阿爾弗雷德在心中發出讚嘆之聲，瞬間又迅速地消除雜念。
要是不全心全意地投入，並抱持著殺了對方的決心發動攻勢，就稱不上是對決了。
他的身體向後仰去，就這麼以後空翻躲開盧克的突刺並拉開距離。
在這過程中，他還由下往上砍了一劍，當然還是被盧克防守住了。
「啊哈哈哈！劍術果然很有趣啊！」
攻守逆轉。
盧克拉近兩人間的距離並朝斜上方揮劍，阿爾弗雷德成功防禦下來後迅速反擊。
緊接著便是兩人激烈的劍擊交鋒。
有如電光石火、仿若疾風迅雷。是連呼吸的時機也不容出錯的連擊。

但是——這兩人心中唯一的情緒僅有「快樂」。

袈裟斬、劈砍軀幹、閃避、踢擊、斜上揮砍、格擋、假動作、雙手刺擊、掃腿橫斬——

為了奪取勝利，彼此來往的劍擊沒有一絲退讓。令人顫慄的以命相搏，使阿爾弗雷德感受到亢奮以及懷念，卻也不禁對自己產生些許不滿。

（——受不了，變老真是令人厭惡呢。）

原先不曉得會持續多久的劍術攻防最終劃下了休止符。

「是我贏了，阿爾弗雷德。」

「我認輸。真不愧是您，盧克少爺。」

盧克的劍尖指著阿爾弗雷德的喉嚨。

「沒辦法和全盛時期的你戰鬥真令人遺憾啊。」

「……呵呵，我也有同感。當然，是希望以挑戰者的立場與您一戰。」

「喂喂，你是我的師傅吧。」

阿爾弗雷德心想，自己早就已經沒有任何事能教導盧克了。

其實盧克現在最好減少與阿爾弗雷德進行模擬戰的次數。

如果一直與同一個對手戰鬥，很可能會養成什麼奇怪的習慣。即使如此，他們仍然會交手，一方面是因為找不到足以和盧克匹敵的對手，另一方面是阿爾弗雷德的些許執念。

他實在是抗拒不了想親身感受盧克劍術的欲望。

（不過也差不多該收手了啊。況且我的能力也已經不足——真是令人意想不到。）

阿爾弗雷德曾以為盧克覺醒屬性魔法後可能會放棄劍術，但他並沒有那麼做。

他今後還能繼續見識盧克的劍術，這份喜悅是無法言喻的。

然而，盧克找不到合適的對手也是事實。

就在他思考著該怎麼辦時——

——啪、啪、啪。

清脆的拍手聲響起。

盧克和阿爾弗雷德同時望向聲音傳來的方向——在那裡的是愛麗絲。

「原來你喜歡劍術的傳聞是真的呢。真是太厲害了。」

阿爾弗雷德立刻低下了頭。

然而盧克一認出她來，便毫不掩飾地露出嫌惡的表情。

「阿爾弗雷德，幫我準備洗澡水。」

「遵命。」

他原本打算就這樣無視她直接離去，但是——

「……呼呼。」

他聽到了令他不快的喘息聲。

「應該警告過妳別那樣了，忘了嗎？」

盧克忍不住了。

「怎麼樣？接下來要對我動粗嗎？你想用千錘百鍊的劍技讓我的衣服破破爛爛來羞辱我對吧？」

「……夠了。滾回去。」

盧克和愛麗絲進行模擬戰後才剛過不久，盧克已經很討厭她了。

與其說是討厭愛麗絲，不如說是覺得噁心，所以不想靠近她比較準確。

可說是避諱著無法理解的事物吧。

「我覺得你最好聽聽我接下來要說的話喔。」

「我不認為妳的話有值得一聽的價值。所以快點——」

「——我和你已經訂下婚約了。」

「回去……啊？」

他手上用來擦汗的毛巾滑落在地。

盧克聽到了他無法理解的話。不對，他不是無法理解那段話本身的含意，而是他的大腦拒絕理解整個情況。

「……妳剛才說什麼？」

「可沒有騙你喔。今天大概是早上的時候父親才跟我談過這件事，我也答應了。我非常樂意呢。」

「……妳等等。我頭有點痛。」

盧克的思緒急速運轉起來。

他在前幾天的派對上才認識愛麗絲。

但為什麼情況會變成這樣？太快了，實在太快了。

能夠做到這種事的人——

（——就是你吧父親大人啊啊啊啊啊啊啊！）

立刻想出了答案。

（父親大人的好手腕反而害了我！為什麼要在短短幾天內就訂下婚約！如果只是談婚事而已的話還不要緊！而且為什麼偏偏是這個女人啊啊啊啊！唔哇啊啊啊啊啊！）

沒錯，如果還在談婚事的階段就好了，還有辦法解決。

可是，既然已經訂定婚約的話，情況就完全不同了。

要是撕毀已經訂下的婚約，就會損害對方的顏面。當然對於吉爾伯特家而言，這點小事根本不痛不癢吧。

即使如此，盧克卻無法容忍自己讓吉爾伯特家留下汙點。

「為什麼……為什麼會變成這樣……」

「那種……呼呼……露出那種厭惡的表情真令我傷心。」

「…………」

（這傢伙為什麼會臉紅……）

「我覺得讓我澈底改變的盧克是我命中注定的對象，但你不這麼認為對吧。」

「對。」

「是嘛。不過和我結婚有三個優點喔。」

「……說來聽聽。」

愛麗絲的呼吸依然急促，臉頰的紅暈變得更加明顯。

盧克完全無法理解她為何會那樣，只感到很不適，因而以鄙視的眼神望著她。

這反而使愛麗絲的呼吸又更加急促——之後，就是不斷重複。

「首先，隆茲戴爾家族在魔法方面有非常高的天賦。只要我與你結合，幾乎可以確定能留下優秀的後代。」

「…………」

「然後，我可是個絕世美女喔。」

「…………」

「把我這種美女留在身邊，就可以抬高你這個男人的地位。男人在某方面的地位只有透過擁有美女才能獲得沒錯吧？當然，這點對於女人來說也是一樣的呢。」

「…………」

（……這傢伙到底一臉正經地說什麼鬼話？）

「最後，只要跟我結婚，你就再也不會有壓力方面的困擾了。」

「……為什麼？」

「因為我有自信能承受你任何欲望喔。不論多麼激烈的欲望都行喔……呼呼。」

「…………」

看著忸怩地扭動身子的愛麗絲，盧克頓時感到一陣無力，像是倒下般癱坐在地。

為什麼？

事情怎麼會變成這樣？

到底是哪裡出錯了？

即使以盧克的聰明才智也想不出答案。

他實在已經累了，所以決定逃避現實。

（我記得艾米莉亞女士推薦我去的學校是「亞斯蘭魔法學園」吧。聽說課程很困難，得好好努力才行呢……啊哈啊……哈哈……唉……）

「盧克，你還好嗎？」

盧克沒有回應愛麗絲的提問。

§

克勞德待在自己的書齋裡，期待著盧克忍不住喜悅之情跑來找自己的那一刻，他嚴肅的臉龐露出一絲笑容，心神不定地等待著——

第三章　亞斯蘭魔法學園

1

——「亞斯蘭魔法學園」。

眾所皆知這是米雷斯提亞王國最頂尖的魔法教育機構，最初設立這座學園的目的便是培養國家最強的戰力——「魔法騎士」。

在這個國家，只有十位英雄豪傑能獲得「魔法騎士」的稱號。對於那些有志成為「魔法騎士」的人而言，從這所學園畢業可以說是成功的起點。

許多擁有魔法天賦的人都會將這所學園作為他們的目標，然而其中大多數人會在不知不覺間自然而然放棄。

因為光是會使用一點魔法，還遠遠不足以站在起跑線上。這就是「亞斯蘭魔法學園」的水準。

此外，如果是魔法騎士的意見，即使是國王也不能忽視。

壓倒性的權力以及名譽，使得與其他魔法師團是截然不同的存在。

被精選出的十人，值得令人懷有憧憬之情。

而且這所學園以其過度追求完美的實力主義而聞名。

因此這裡並沒有「推薦」這種制度，會這樣也是由於在貴族社會中，推薦制度被認為是導致魔法能力衰退的溫床。順帶一提，這是一座全寄宿制的學園，這條規矩被實行得相當徹底。

這座學園被冠以英雄的名字可謂名副其實。而我為了參加這座擁有眾多誇張頭銜的學園入學考試，現在正乘坐在馬車上，但是——

「……妳為什麼要和我搭同一輛馬車？」

「你的問題真怪呢。兩個將來要攜手共度一生的人待在一起，難道還需要理由嗎？」

「…………」

表情毫無變化地將話語細細道出的人，正是愛麗絲·倫·隆茲戴爾。真的很遺憾，她是我的未婚妻。

話雖這麼說，我已經接受了這個事實。為無法改變的事情唉聲嘆氣是愚者的行為，應該考慮的是之後的事。

在與愛麗絲這個超乎常理的變態訂婚的前提下，我該怎麼做才能將幸福掌握在手中？最佳的解答究竟是什麼？

這就是我需要思考的事情……不過，到現在還沒有找到答案。

嗯，這不是現在該煩惱的，總之先集中精力在眼前的事情上。

畢竟，即將參加的是被譽為王國門檻最高的學園入學考。

「我開始有點緊張了。」

愛麗絲突然喃喃說道。

「你倒是和平常一樣呢。」

儘管她說自己緊張，表情卻毫無變化。

「這還用說。」

「你不會擔心嗎？」

「妳真的認為我會擔心這點程度的小事？」

「……沒有，我只是問問而已。」

老實說我無法理解這傢伙的心情。

有什麼事情是必須擔心的嗎？
不但擁有罕見的雙屬性天賦，在此基礎上她還努力不懈地鑽研魔法。
至少在她認識我之前就是如此。

「——妳該煩惱的是該怎麼樣才能擠進排名。」

「……咦？」
愛麗絲貌似有些訝異，她表情的變化細微到普通人無法察覺。
「別為能不能合格這點程度的小事煩惱。太難看了。」
「…………」
這確實是我真實的想法。愛麗絲一定會合格。
因為她擁有連艾米莉亞女士也極力讚揚的才華，此外還非常努力。
「呵呵……有時候我會覺得你這個男人真是狡猾。」
「……什麼意思？」
「沒什麼，別在意。」
愛麗絲微微一笑。算了，既然能稍微減輕她的擔憂，那就是件好事吧。

畢竟人是感性的生物，由於心靈脆弱而無法發揮正常實力是常有的事。
我們說著說著，馬車伴隨著「喀噠噠噠」的聲音停了下來。
一路上完美扼殺了自己存在感的阿爾弗雷德，迅速地站起身來打開車門。
「請小心腳下。」
我率先走下馬車，愛麗絲跟在我後頭。
那座巍峨莊嚴的大門隨即映入眼簾。
儘管這不是我第一次見到這幅景色，但我還是不禁倒吸了一口氣。
遠處的學園雖然有種歷史悠久的氛圍，卻有著猶如王室城堡的風格。
「那麼我會在測驗結束後前來迎接兩位。」
「好。」
阿爾弗雷德只對我們說了這些。
他接著對馬車的馭手比了個手勢後，就這麼離去了。
他並沒有留下任何鼓勵的話語，彷彿今日和往常一樣平凡無奇。
「你家的執事還真冷淡呢。」
對，在妳眼裡看來可能就是這樣吧。

然而——我確實感受到了來自他的「信任」。

畢竟阿爾弗雷德先生是我的師傅，那點程度的事我能理解。

我的嘴角揚起微笑。

「……你、你看。」

「是他——是『盧克．威薩利亞．吉爾伯特』……」

「果、果然來參加入學考了……」

「『愛麗絲．倫．隆茲戴爾』也和他一起來了……原來他們訂婚的事是真的嗎……」

唉……

唉……我難得的好心情被毀了。

「……嘖！」

令人不快的視線匯集在我身上。

自從那場派對以來，關於我的傳聞在貴族圈裡不脛而走。

所以我知道會在這裡遇到那種人。儘管我很清楚，不爽的事還是令人不爽。

這些不入流的人愚昧至極，凡事只會看表面。當我還沒學習劍術以外的事物時，他們對我抱持輕蔑的態度，但當得知我被鑑定出闇屬性以後，卻又轉眼改變了原先的態度。這群無能之輩實在令人作嘔。

「盧克，你還好嗎？你的表情看起來有點嚇人喔？」

「……沒事，我們走吧。」

「嗯。」

我轉換了一下情緒，穿越大門。

不過，就算踏入校門，四周的目光依然停留在我們身上。

但我覺得有半數的視線，都是被從容漫步在我身邊的這傢伙吸引來的。

只有容貌很美……但也只有容貌而已。

我想在場的所有人當中，毫無疑問就只有我知道她的本性。要是有人知道了她的本性後還愛她的人，我一定會想盡辦法把她讓出去。不過——

『盧克徹底改變了我，所以我只會因為你輕蔑我的態度而感到興奮。我可不是那種誰都可以的變態。』

我回想起她曾經這麼說過。

但最令我難以置信的是這傢伙居然不認為自己是變態。

就在我沉浸在這種令人想嘆息的想法向前走時，我的腦海中忽然想起愛麗絲的兄長，那個看上去像是將笑容貼在臉上，名為「約蘭德」的男人。

我也不曉得為什麼現在會想起他。

不對，其實從我們第一次見面握手問候的那一刻開始，他的存在就一直留在我的腦海裡。

愛麗絲告訴我他是個不值得一提的男人，實際上我也覺得他缺乏氣魄。

但是，在我們握手時我感受到的——恐怕是他身上精練到可怕的魔力流動。一種難以抹滅的異樣感，是個彷彿異常與令人毛骨悚然的氣質齊聚一身的男人。

「咦？前面聚集了不少人呢。」

愛麗絲的聲音將我的意識拉回現實。我抬眼一看，發現確實有很多人聚集在那裡。

……居然擋在我的路上。

「哇哈哈哈哈！亞貝爾！你的名字就只有這樣而已嗎？我還想說這裡怎麼有平民，結果你連平民都不如！真是極品啊！」

一個高大的男生發出沒品的笑聲。

「有什麼好笑的！那又怎麼樣！都是來亞斯蘭參加考試的，身分根本就不重要吧！」

「沒關係啦，莉莉。我沒有放在心上喔。」

一名看起來很有氣魄的少女以不輸給對方的音量大聲反駁。

但更吸引我目光的，是那名穿著樸素服裝的黑髮少年。

少年擁有如血般鮮紅的眼眸，看起來有些怯弱。

我一眼就認出來了——就是這傢伙。

這樣啊。

果然如此。他當然會出現在這裡。

「讓開。」

不過無所謂。該做的事也不會有任何改變。

我對擋住我去路的那個高大男生簡短地說了一句。

「啊——！你以為你在跟誰說……呃……！」

那個高大男生看到我時，瞬間瞪大了眼睛。

「要我再說一次才聽得懂嗎？你很礙眼，讓開。」

「原、原原原、原來是盧克大人！恕我失禮了！您請通過！」

雖然我不曉得他是誰，但看來他認識我。

儘管空氣彷彿凍結般極其安靜，我完全不在意，就這麼走了過去。

與此同時，我也側眼打量著那個名為「亞貝爾」的少年錯愕的呆滯神情。

「……你認識那個黑頭髮的男生嗎？」

走了一會兒後，愛麗絲靜靜地問道。

「不，我不認識，我是第一次見到那種小角色。」

「是嗎？因為你看起來笑得很開心，還以為他是你的熟人呢。」

「呵呵呵……是嗎？原來我在笑啊。」

看來我真的笑了出來，就連我自己也沒有意識到。

這也正常啊，確實會令人想笑……這個時刻終於到來了。

啊啊，來吧「主角」，我既不逃避也不躲藏。

無論這個世界有多麼寵愛你——我都會堂堂正正地將你擊潰。

§

從客觀的角度來看，我在各方面的素質都是相當優秀的。

並非自負，這只是自我分析後的結論。

只是，之前同輩之間能用來比較的對象就只有愛麗絲，因此準確性存疑。不過經過這次入學考後，我便不再有疑慮了。

就連在眾多才華洋溢之人齊聚一堂的亞斯蘭魔法學園，也無人能超越我。

不僅如此，甚至沒有人能比得上愛麗絲。

是的，沒有人。沒有任何人……有能力阻擋我的道路。

——咚！

當我意識到時，已不由自主地一拳打在馬車上。

「盧克——」

「現在別跟我說話。」

該死。那到底是怎樣……那到底是怎麼回事？

——「強化魔法」。

實戰測驗在筆試結束後進行。

過程相當簡單，考生們必須以魔法進行三場戰鬥。

「亞貝爾」會使用的魔法就只有一種，而且是非常普通的無屬性魔法。

我當然也會用……但是——

——「身體強化×5」。

那傢伙居然將這個簡單的魔法重複使用了五次……令人難以置信，這根本不可能有人辦得到。

人類有「魔法承受量」——這世界存有這個概念。因為這種概念，人類的身體無法無限制地承受強化身體能力、硬化皮膚、增強感官等提昇人體能力的魔法。

不可能毫無限制……本應該是這樣的。

基本上一個人只能承受一次強化，而那些達到所謂「英雄領域」的人中，有時會出現有能力承受兩次的人。據艾米莉亞女士所說，從至今統計出來的數據來看，「冒險者」這個族群出現這種人的機會比較高。

不曉得為什麼我從一開始就能承受兩次強化魔法，據說我是相當特殊的案例。而那傢伙……居然能承受五次。

這已經不是特別不特別這種程度的問題了。他很明顯擁有違背常理的力量。

我不懂……實在無法理解。而無法理解的這個事實使我極度焦躁，那種莫名其妙的力量讓我感到相當不安。

「…………」

不過那傢伙似乎無法控制自己的力量。

儘管他無法控制，我還是以他能自在操控那股力量為前提試著在腦中模擬了數千次。

與他戰鬥會有什麼結果呢？

答案是——我的完全勝利。

假設了各種場景與條件，以及我能想像得出的各種突發狀況。

即使如此結果依然全都一樣。不管他怎麼掙扎，他都無法打敗我。

我終將取勝是無法動搖的事實……那為什麼我的心還是這麼躁動不安呢？這種宛如烏雲般擴散開來的負面情緒是什麼？

感覺像是有一頭怪物，正虎視眈眈地等待機會，準備隨時狠狠朝我的喉嚨咬來一樣——

「——阿爾弗雷德。」

「是。」

「今後我們以劍交手的機會也要減少了，所以今天就比試到各自的極限吧。」

「遵命。」

我喜歡劍術。

這種時候揮劍是最好的選擇……受不了，我實在太丟臉了。

到底在焦急什麼？對方只不過是超出了我的想像罷了。

無法理解又如何？那我只要攀爬到比對方還高的位置就行了。

就這麼簡單——

§

亞斯蘭魔法學園。

在某間會議室裡，學園長和教師們正聚集在一起進行著重要的會議。

豪華的圓桌上擺放著許多文件。

「吉爾伯特家的『盧克』果然碾壓了所有人，明顯和其他學生不在同一水準上。」

「呵、呵、呵！他的魔力確實精煉得可怕，更何況光是擁有稀有屬性的天賦就足以讓人驚嘆了。」

「也只能用驚世駭俗來形容了。光看他的魔力就知道他日復一日都在鍛鍊，照理說擁有這種天賦的人通常都會自命不凡。」

「就是說呀。盧克真的超厲害的。」

「喂，艾米莉亞，妳這傢伙明明只是特別講師，怎麼可以這麼理所當然地參加這麼重要的會議？是說，妳別用『想當當看』這種理由來當特別講師啊，而且居然還被校方接受，又更令人火大了。」

「我、我在哪裡都可以做研究啊……絕、絕絕絕、絕對！絕對沒有私心喔！對！身為一個研究者，我在這所聚集了擁有各種魔法天才的學園，一定會度過一段非常有意義的時光！」

「……嘖！」

「是我把艾米莉亞叫來的。在這裡共享一下關於他的資料比較好吧？畢竟他在所有考生中是成績最頂尖的啊。你們看過這份資料了嗎？雖然不是艾米莉亞這種奇才，但他真的很厲害喔。」

「可是！他那種態度！就只有這點絕對不容讚賞！他居然對我這個考官說『少礙事』喔？我只不過是稍微失去平衡撞倒他而已！」

「啊哈哈哈！太好笑了！誰教你那麼遲鈍。」

「我才不遲鈍！艾米莉亞女士！妳不是指導過他嗎！妳沒有教他禮儀嗎！真是的！」

「啊哈哈……真不好意思。」

「好了好了，話題都偏了。我們不能只把焦點放在他身上喔。他在筆試中得滿分，在實戰測驗裡也證明了自己的實力，已經確定他是這屆入學考的第一名了。我們很多事情需要討論吧？」

「今年真是大豐收呢——不只有稀有屬性，還有雙屬性和三屬性的學生——今年的學生真是了不得——」

「你是指隆茲戴爾家的『愛麗絲』和雷諾克斯家的『彌亞』嗎？」

「……話說這真是令人意外——雙屬性的人居然贏過了三屬性。」

「那場測驗該怎麼說呢……也是單方面碾壓式的勝利。」

「呼呼呼，愛麗絲也是我的學生喔！」

「妳真的有夠煩耶。話說妳該不會在騙人吧？我這個跟妳同屆的人根本不相信妳說的話。」

「是真的啦！布拉德！」

「那邊幾位請你們正經一點。」

「那麼——就決定是這三十九人了吧～接下來該討論的～就是這孩子吧～」

這句話讓會場的氣氛稍稍波動了一下。

所有人的目光都轉向手中的資料。

資料上頭——寫著「亞貝爾」。

一陣沉默過後——

「……我反對。」

終於有人發言了。

說話者是一位儘管容貌被歲月侵蝕，但眼神中仍充滿鬥志的男人。

「我並沒有存心刁難他。我相信在座的各位都明白他的特殊性。但是不能使用屬性魔法確實是個致命的弱點。短時間內倒還好，實際上他在實戰測驗中也贏了所有比試，但長遠來看又如何呢？很容易能想像他總有一天會被真正的天才擊潰。我認為為了他好，不應該讓他合格。」

「確實有道理。」

「是啊——而且讓一個不會使用屬性魔法的人合格，也會開創先例呢～」

在場約有半數的人表示同意。

整體的氣氛傾向於不讓亞貝爾合格。但是——

「真是的，老人的思想不能僵化啊。」

與搖滾一詞十分搭調、一個髮型為後梳油頭的年輕男子帶著好戰的笑意出生反駁。

「老、老人？你太沒禮貌了！布拉德！」

「老先生的意見確實很有道理沒錯吧？要反駁的話就請你具體地說明理由。」

「呵呵呵……那個啊就是那個。」

布拉德笑了。

「你們認為只有屬性魔法師才能戰勝其他屬性魔法師，已經下意識地把自己侷限在這種思維裡了。」

有人不禁倒吸了一口氣。

這確實是在場大多數人的想法。

「……言下之意，這種概念是錯的嗎？」

「不，大致上是正確的。能使用屬性魔法的人，和沒辦法使用的人，之間的差距大得要命——不過那只是在『一般』的情況下喔？」

布拉德稍稍停頓了一下，然後繼續說道：

「我在這個叫『亞貝爾』的小鬼身上看到了可能性。你們別因為他不能使用屬性魔法這種爛理由，就毀了他的可能性啊。就算他將來會被擊潰，那也就代表他的路走到了盡頭，對我們根本不會有什麼損失沒錯吧？還是怎樣？你們就那麼想要保護『亞斯蘭』的『格調』嗎？」

沉默又再一次降臨。

儘管名為布拉德的男人說話難聽，他所說的話語確實有道理。

正因為這番話獲得眾人的認同，才會引來這陣沉默。

「呵、呵、呵。你這小子很會說嘛。」

一位留著幾乎有身高一半長度的白鬍子老人開口了。

「我有說錯嗎？學園長？」

「不，沒錯喔。」

這就是他的答案。

「今年真是有趣。有稀有屬性、雙屬性、三屬性，甚至——還有無屬性的少年。雖然人數似乎略少，但其他人也都是佼佼者。呵、呵、呵，真讓人期待。」

被稱為學園長的老人像是孩子般純樸地笑了。

今年的合格者——總共「四十名」。

2

「啊哈哈哈哈！我懂了！我終於明白了！」

亞斯蘭魔法學園的考試結束後過了數天。

仍然無法接受他擁有那種力量的事實。

因此我陷入沉思。不惜捨棄睡眠，不斷地思考。探索了所有可能性。

最後——找到了答案。也就只有這種可能了。

儘管條件極其特殊，但除此之外別無他法，所以這就是答案。

首先需要思考的，是有沒有方法能夠擴張「魔法承受量」。

答案已經有了——有方法。

亞貝爾的存在就是證明。那麼，到底是什麼方法呢？

這才是真正的難題，畢竟相關的資料實在太少了。
該思考的是為什麼能承受兩次強化魔法的人，在冒險者中特別多。
特別是那些被稱為「英雄」的冒險者。
一開始，我以為魔法承受量是依賴魔法能力……但並非如此。
魔法承受量依賴的是某種身體能力。這就是我思量過各種可能性後得出的結論。
冒險者中純粹為戰士的人數遠超魔法師，從這一點就該意識到了。
足以讓人直面死亡的修羅場、迫使自己超越自身極限的場合。
經歷過無數次這種場面。

這就是……這才是擴張「魔法承受量」的條件。

但是，還有未解的疑問。
假設這個條件是正確的……那麼到底需要經歷多少修羅場？
得有多少次與死亡擦肩而過的經驗，才能擴張「魔法承受量」？
要成就足以獲得英雄之名的偉業絕非易事，需要耗費許多時間。
一個偉大的英雄，必定擁有無數次瀕臨死亡的經驗。

即便如此，能承受強化魔法的次數最多也只有「兩次」。

這就是「亞貝爾」最為異常的地方。

時間上的落差，實在太奇怪。

他應該和我同齡。不論他每天努力與死亡擦肩而過多少次，怎麼算都不對……怎麼想都不合理。

一個人瀕死的次數再怎麼算也該有個限度。

然而，即使是「英雄」也只能重複承受兩次的強化魔法，為什麼能到五次？

「呵呵呵……」

想到這裡，我進一步假設亞貝爾可能是所謂的「虛弱體質」。

很容易達到肉體極限的孱弱身體。

如果加上這種極端特殊的條件，理論上可以輕易地多次將他的肉體逼至瀕死狀態。

就能比理應身強體壯的「英雄」多出數倍的瀕死經驗。

當然，這也代表他需要擁有將無數次瀕死經驗視若無物的「瘋狂意志力」。

「啊哈哈哈哈！」

沒錯，我完全明白了。那根本不是什麼超出常理的力量。

那只不過是在極為特殊的條件下才有可能存在的力量。孱弱的身體，儘管能使用魔法卻沒有魔法天賦。

那樣方方面面都不受眷顧的「主角」，在瘋狂的意志力和拚死努力下，最終獲得「超乎常理的魔法承受量」這種力量。

這正是「弱者」的力量！——應該可以這麼說吧？

「呵呵，別逗我笑了。」

「盧克」肯定是因為自負而只看到表面。

亞貝爾無法使用屬性魔法，光憑這點就讓他不被盧克放在眼裡了。

隨後，慘遭逆襲。

「真是個笨蛋啊你。」

只需要正視對方就行了，如此一來便能夠注意到。

實際上，我沒有因此迷失自己該做的事。

顯而易見的強者被顯而易見的弱者擊敗，真是老套的故事。

「那樣的話就太無聊了不是嗎？」

——誰會接受那種故事啊？

那種爛故事我怎麼可能會接受。

才不在乎會發生什麼事，我的所作所為全都是為了自己。

……話雖這麼說……唉……真是累人。

我覺得自己已經很努力了。老實說，內心深處也認為現在的自己已經不可能會輸，但是……亞貝爾確實很厲害。

沒辦法，這也是理所當然的。他畢竟是主角，不可能會弱小到哪去。

儘管我思量了很多，但不管我羅列出多少憑據，終究只能停留在分析的領域。

就算最後得知亞貝爾擁有的力量就是他自身特殊的能力，也一點也不奇怪。

而且，就連身體也擁有與生俱來的優異體質的我，效仿亞貝爾的行為也毫無意義。

最終只會更趨於劣勢——這樣不對。

這是亞貝爾的路，而我有自己的路。

沒有必要刻意追求特殊，只需要按部就班做好應做的事情就行。

光是這樣就夠了。

即使解開了亞貝爾那身能力的原理，也無法改變他擁有極其特殊的能力這一事實。反正我終究會直接與他對峙。真是有夠麻煩的。

不過嘛——再怎麼往壞處想，我依然看不到自己會輸給他的未來。

§

收到亞斯蘭魔法學園的合格通知，父親母親欣喜若狂，那大約是一個月以前的事了。

父親原本還打算動用權勢出手改變全寄宿制的制度，我好不容易才說服他罷手，而終於在今天迎來開學的第一天。

「所以，妳為什麼要和我搭同一輛馬車？」

「你的問題真怪呢。兩個將來要攜手共度一生的人待在一起，難道還需要理由嗎？」

「……怎麼有種似曾相識的感覺？」

愛麗絲像是理所當然一樣和我待在一起。

儘管對她提出了疑問，但我已經開始接受有愛麗絲在身旁的日常了。

之前明明就很不喜歡她，現在卻沒有什麼特別的感覺。習慣真是可怕啊。

「之前入學考結束後，你為什麼心情不好呢？」

她突然開口對我問道。

「沒什麼，有一個讓我有點討厭的傢伙。就只是這樣。」

「這樣啊。那麼你為什麼不宣洩在我身上呢？我希望你發洩的對象不是馬車，而是我呢。」

「…………」

是的，這傢伙就是這樣的人。

但是……果然已經不像之前一樣對她心生厭惡了。

習慣真的是件很可怕的事。

「嗯——那下次就發洩在妳身上。做好心理準備吧。」

所以，我才會隨口說出這種話來。

「是、是嗎……那真是令人期待……呼呼。」

她的臉頰泛紅，呼吸也粗重起來，接著便忸怩地扭動著身子。

還是一樣令人感到不快……不過，偶爾這樣倒還好。

馬車在我們如此閒談時停了下來，亞斯蘭魔法學園出現在車窗外。

這裡便是起點，一切都將從這裡開始。

「請小心腳下。」

我下了馬車，愛麗絲也繼而走下來。

然後，我們再次面對那座巍峨莊嚴的大門。

「盧克少爺。」

一個熟悉的聲音呼喚了我的名字。

「怎麼了？阿爾弗雷德？」

「我已經和王國騎士團那邊的人談好了。如果您需要找練劍的對手的話，您隨時都能去找他們。」

「呵呵，你還是這麼機靈啊。下次和你交手的時候，我會變得比現在更強。你就好好期待吧。」

「我會很期待的——還有，請您收下這個。」

「嗯？這是什麼？」

阿爾弗雷德先生遞給我的是一把收在劍鞘裡的短劍。儘管外表沒有華麗的裝飾，但我能從它的手感和厚重感得知它有多麼精巧。

拔出劍來一看——是好東西。

「這是我送您的入學禮物，也是您學劍大成的證明，請您收下。」
「呵呵，我就收下吧。」
我將短劍收入懷中。
阿爾弗雷德先生，真的非常感謝您。我能走到這一步，都是多虧了您。
「那我走了。代我向父親母親問好。」
「遵命。請您保重，盧克少爺。」
「嗯。走了，愛麗絲。」
「好的，不管到哪我們都一起走吧。」
「說得——啊？」
「我們快點走吧。可不能遲到喔。」
「……確實。」
雖然心裡還有許多話想說，我還是穿過正門踏入學園當中。
我們這樣一路走進校舍，因為一走上二樓便看到我們的教室，就直接走了過去。
我把手放在門把上，稍作停頓後，慢慢地打開了門。
打開教室門的那一瞬間，數道目光便隨即刺向我。教室裡大約有三十人。
理所當然，所有人都穿著和我以及愛麗絲一樣的制服。長長的桌子和椅子整齊地排列在教室當中，而教室的面積對於這個人數的學生來說過於寬敞，給人一種不協調的感覺。每個人都在各自做著自己的事情。

正在睡覺的女生。

正在讀書的男生。

把腳搭在桌面上，不知為何瞪視著我的凶惡男生。

坐立不安、四處張望的女生。

絲毫不在意我們的到來，保持端正的姿勢凝視著正前方某個點的男生。

面帶淡淡的笑容，看起來讓人不太舒服的男生。

有個女生則瞪著我，不，是瞪著愛麗絲。

還有——

「盧克大人！您果然也通過了考試了呢！」

一個高大的男生走到我面前。

「你是誰？」

「咦！」

不是，我真的不知道他是誰。如果我之前見過他卻沒有記住，那他很可能是個無關緊要的小人物。

「非、非常抱歉！我還沒有向您自我介紹。我是諾曼第子爵家的次男『雨果・凡・諾曼第』。我在入學考的時候擋到您的路，真的很抱歉！」

「……嗯。」

我想起來了。這傢伙就是入學考時纏著亞貝爾的徹頭徹尾的路人。

話說……這傢伙通過了啊？

這種騷擾主角的配角角色照理說都會被淘汰才對。

「那麼雨果，我的座位在哪？」

「是這樣的！教室沒有特別指定座位，所以要坐哪裡都可以！」

「知道了。」

……他的聲音有夠大。既然他在這間教室裡，這就意味著我們今後就是同班同學，但我已經開始討厭他了。

不對，等等。從這傢伙的立場來看，他該不會成為我的追隨者吧？

在反派貴族的世界裡，總是會有這種追隨者呢。若真是如此，我就更討厭他了，儘量別跟他扯上關係好了。

雨果也向愛麗絲問候了一聲，沒想到卻被她澈底無視了。

他顯得非常失落。因為與他稍有互動，我覺得自己比愛麗絲更加友善。

總之先選後面一點的座位好了。就在我這麼想著邁出步伐時——

「嗨，我是『萊昂納多．林．韋爾斯利』，叫我萊昂納多就好了。請多多指教喔，盧克。」

這次來找我搭話的，是那個面帶淡淡的笑容，看起來讓人不太舒服的男生。

他笑得好像和任何人都能成為朋友似的——真是噁心。

「嗯。」

他朝我伸出手來，但我無視並繼續向前走去。

光是有回應他就算很客氣了吧。

「妳是愛麗絲吧。請多指教。」

難道這傢伙把所有人的名字都記住了嗎？這般疑問浮現在我腦海中——

「可以不要隨便和我說話嗎？坦白說，你那張像是貼在臉上的笑臉實在太噁心，我都快吐了。」

「……咦？」

「……咦？」

我的聲音在不經意間和萊昂納多重疊了。

奇怪，原來是這種角色嗎？光看容貌的話，我倒覺得他是個挺帥的傢伙……不對，這不是問題的重點。

嗯，教室裡的氣氛完全凝結了。真希望愛麗絲別在這種地方展現出冰冷的屬性。

「……抱、抱歉。如果讓妳感到不舒服的話，我道歉。」

「我們走吧，盧克。我想選個儘量離他遠一點的座位。」

「…………」

「……好。」

他有做什麼失禮的事嗎？仔細想想，他只不過是和同學問候一聲而已不是嗎？

他以沉重的步伐走回座位，背影看起來有些令人難過，儘管現在看不到他的表情，但他大概已經徹底失去剛才的笑容了吧。

說真的我不禁開始同情他了。雖然覺得他很可憐，我也無能為力。

現在還是讓他自己靜一靜吧……即使如此，我不明白。這和愛麗絲跟我說話時的差異實在太大，頓時變得不了解她了。

我原本以為她只是個變態，現在看來女性似乎是比我想像中擁有更多面貌、更加複雜的生物。

縱使一進教室就發生了許多可能會影響深遠的事，但我終於能夠坐下來了。

愛麗絲自然而然地坐在我身邊。雖然好奇她為什麼會用剛剛那種態度，現在應該先別提比較好。

現在教室太安靜了，不管說什麼都會被所有人聽到……這一切全都是愛麗絲的錯。

「入學考以後就沒見過妳了呢，愛麗絲。」

然而，有人打破了這片寂靜。

老實說我已經很累了。

我厭倦地望過去，是之前那個瞪著愛麗絲的女孩。

不對，我認識她——她是雷諾克斯家的三女，我們曾在派對上見過一次面。

「哎呀？請問您是哪位？」

「我是彌亞啊彌亞！妳明明就認識我！」

「嗯——真的有這號人物嗎？」

「有啦！」

……這些傢伙到底是怎樣？說話聲音真大，好吵。

「盧克也好久不見了呢。」

「嗯。」

看來對方也記得我。

「既然已經打過招呼了，那妳就快回自己的座位去如何？妳那尖銳的聲音聽得我都要耳鳴了。」

「妳說什麼！」

絕對不是我偏袒愛麗絲，她的聲音確實很尖銳。

儘管沒有尖銳到哪裡去，但她說話的聲音很大，所以聽起來特別吵。

「……我很高興愛麗絲通過考試呢。別因為在入學考的時候運氣好打敗我就得意忘形喔。」

「哎呀？我有跟妳戰鬥過嗎？對不起，我記不太清楚了呢，因為妳好像和其他人沒什麼兩樣。」

「——唔！……妳可別後悔說過這種話。」

彌亞話一說完就回座位去了。

我記得彌亞是被鑑定出三種屬性的天才。

愛麗絲贏過她了嗎？嗯，倒是沒什麼好驚訝的。

……比起這件事，到底是怎麼回事？

這傢伙用遠超於我的速度不停樹敵。雖然我沒資格說別人，我覺得她最好別再繼續下去了……雖然我確實沒資格說別人。

就在我這麼想的時候，門被猛然推開了。

「趕上了啊啊啊！」

「妳等等我啊莉莉！不能奔跑啦！」

——這就是主角登場的場景。

「…………」

「…………」

隨之而來的是一片寂靜。

這也是理所當然的，畢竟愛麗絲已經將教室的氣氛完全凍結了。

「……亞貝爾，我們找個地方坐吧。」

「……好、好的。」

顯露低姿態的亞貝爾朝座位快步走去。
再次見到他，他完全沒有給我任何特別的感受。
不過嘛，這樣反而更顯得他令人毛骨悚然就是了。
亞貝爾他們剛坐下，遠處的鐘聲幾乎同時響起。
「大家都到齊了吧。」
一位女性彷彿受到那聲鐘聲呼喚一樣走進教室。
「我是負責一年級的芙蕾雅。請各位多多指教。」
沒有人回應她的話，教室的氛圍依然被凍結著。
不過，那名自稱芙蕾雅的女性卻完全不在意。
「你們都選擇了這所學園，當然知道『排名』的存在吧？我現在就立刻公布你們現在的『排名』，確認一下吧。」
她不給學生任何產生疑問的機會，就直接公開了。

1．盧克
2．愛麗絲
3．彌亞

4．洛伊德
5．莉莉
6．萊昂納多
7．席托利卡
……
……
39．雨果
40．亞貝爾

「什麼！我居然是第三十九名！我不能接受！」

「給我安靜。我還在說明。」

儘管只有一人大聲抗議，但對自己的排名感到不滿的人肯定不止他一個。

「這個排名是根據入學考時測出的魔力儲備量、魔力釋放量，以及筆試和實戰測驗結果綜合評定的——當然，這只是你們一年級的排名。現在我要給你們看的是學園整體的真正排名，這才是完整的排名。」

然後，在她展示的排名中，我得知自己只不過是倒數第四十名的事實。

在學園整體的排名中我是第八十一名，在我之上還排列著許多名字。

從那些名字旁邊寫著的（二）和（三）來看，可能是高年級的學生。

有趣的是位列第一名的名字旁邊寫著（二）。這意味著學園整體排名第一名的應該是二年級學生——「艾蕾歐諾拉」這個名字讓我耿耿於懷……嗯，完全想不起來。

我並沒有對自己在一年級中位列第一名感到驚訝或欣喜。

只有理所當然的感覺，除此之外沒有其他情緒。

不過，引我注目的是「亞貝爾」居然被排在最後一位。

「決定排名的就是你們的能力差異。『排名』是學園中的一切，也就是你們的『價值』。接下來要發放的資料有每週可以參與的課程，你們可以自由選擇想上的課。當然也有些課程是必修的。學園中所有設施你們也都可以使用，想去單獨請教某位教師也沒問題。你們要自行判斷需要做什麼能提昇自己的『排名』。」

……該怎麼說呢？感覺我進了一所了不得的學園，不過也罷。

瀏覽了老師發放的資料，上面填滿了每個星期開設的課程時間表以及負責的教師……

嗯？

我怎麼看到艾米莉亞女士的名字？

她負責的是「屬性魔法學【應用】」這門課。

「嗯，要我建議的話，應該選修『魔法道具學』。在稍後要為大家說明的『排名戰』中，就只有自行製作的魔法道具才可以帶入場。」

原來如此。

要選修什麼是自由的，一切都是為了提昇自己的「排名」。

確實是完全以實力主義為主。

「那麼我來說明一下『排名戰』。其實一點也不複雜，簡單來說就是為了提昇排名而進行的魔法模擬戰。詳細的規則都在接下來發放的資料裡，自己看吧。裡面也有寫提昇『排名』後能得到的好處。」

接著資料發下。

瀏覽了手邊的資料，裡面寫著這些內容。

＋＋＋＋＋＋＋＋＋

・排名會公開給全體國民。

・國民有資格觀看排名戰。

・排名戰僅有低排名者挑戰高排名者時成立。

・無法向比自己的排名高十名以上的對手發起排名戰。
・若低排名者於排名戰中獲勝，則可獲得敗者、即高排名者的排名。
・在排名戰的敗者排名將下降一位。
・被挑戰者基本上不能拒絕排名戰（除非負傷或身體不適等不可抗力之情形）。
・排名戰的勝者在獲勝當天起一週內能免於受人挑戰。
・排名戰的敗者在一個月內不能進行排名戰。
・若對同一個人落敗三次，則在該年內不能對此人發起排名戰。

＋＋＋＋＋＋＋＋＋＋

儘管還有很多細項，重點應該就只有這些了。
不過這些到底是什麼內容啊。算了，還在預料範圍之內。
「雖然上面沒有寫，但是從現在開始的一個月內，不論排名，所有人都能挑戰同年級的人。對自己的排名不滿的人，就在這段時間裡自行解決。」
果然如此。
原本因為愛麗絲的關係就已經鴉雀無聲的教室，現在更加寂靜無聲了。

某人吞嚥口水的聲音顯得異常大聲。

「你們是怎麼了?你們都是知道才來這所學園就讀的吧?」

僅響起了芙蕾雅毫無抑揚頓挫的說話聲。

「這所學園就是這樣。難道你們僅僅因為入學就滿足了嗎？你們真的理解以這個國家僅有十名的『魔法騎士』為目標的真正意義嗎？不會給懈怠的人容身之地。如果不想留下慘痛的回憶,就瘋狂死命地學習,讓自己變強吧。我能說的就只有這些了。」

「……………唔。」

「呵呵,放心吧。你們能待在這裡,就已經證明了你們擁有足以在這所學園進修的才能。」

原來如此。亞貝爾在這座瘋狂追求實力主義的學園中位列最後一名。

顯然就是個逆襲翻身的故事。

「還有其他問題嗎?要是沒有,今天剩餘的時間就帶你們去宿舍——」

「不好意思……」

舉起手來的人——是亞貝爾。

「什麼事？」

「請問……什麼時候可以發起排名戰？例如說……現在就可以馬上發起挑戰嗎？」

緊張的氛圍瞬間充斥整間教室。

許多人都用不敢相信的眼神看著亞貝爾。

「呵呵……哈哈哈！你真是有趣！原本排名戰需要寫好文件來申請，但這次就特許你可以直接挑戰！你想和誰戰鬥？儘管說！」

「…………」

啊——我大概有料想到情況會這樣發展了。

「……我、我想挑戰盧克。」

亞貝爾戰戰兢兢地慢慢轉向我。

他的眼神深處，勇氣和恐懼正在交鋒。

能看得出來他連身體也在輕微地顫抖著。

聽了那些規則後居然還膽敢挑戰我。不過，我很清楚你的心底在想些什麼。

正因為你焦急著想變強，才會想知道自己和我這個在場排名最高的人之間的差距吧？很想知道需要跨越的牆有多高對吧？

不，或許你甚至還想著要不要就此翻越過去？

「——好，可以。那就來吧。」

既然你這麼想知道，就讓你見識一下吧。

讓你理解什麼是差距。

3

那個地方完全可以稱得上是「競技場」。

眾多觀眾席圍繞著中央廣闊的空間形成環狀，而且還展開了好幾層的「魔法障壁」用來保護觀眾。

它比我所知的魔法障壁還要透明許多，不過這僅是我能感覺到的而已。

其中一定藏有某種效果吧。或許這是以魔法道具形成的障壁也說不定，但現在不是思索這個問題的時候。

我直勾勾地瞪視著眼前的「敵人」。

對，敵人。

亞貝爾……我把你視為敵人了。

完全不覺得你現在的程度能成為我的敵人。自己也不知道究竟在心裡模擬過多少次與你戰鬥的情況。

坦白說，除了實力未知的芙蕾雅以外，在場所有人全不被我放在眼裡。

依照現有的「排名」，那些明顯在我之下的人在我心中他們怎樣都無所謂。

不過，我想在這次排名戰中壓抑自己那本不需要壓抑的傲慢之心。

一切都是為了一場完美的勝利——

「雙方拉開距離。」

芙蕾雅的聲音響起。

觀眾席上除了剛才認識的那些人以外，還有其他學生和老師的身影。

太好了，看得很清楚。視野非常清晰。

有個唯一擔心的事。

當我真正與身為「主角」的你正面對峙時，我會想著什麼？

這是唯一的不確定因素。

什麼也沒有。

我的心中沒有一絲波瀾。

我意識到自己的嘴角扭曲，漸漸變成宛如裂開似的放肆笑容。

亞貝爾拔出了劍。會場隨著他的動作稍稍騷動了一陣。

在這個魔法至上的學園裡，僅憑這一點就顯得相當異常。

不過，你以為只有你會劍術嗎？我也直接拔出了劍。

雙方都舉起了劍。想必在這所學園裡，這是個極其異常的景象。

「你果然……是用劍的啊。」

「怎麼？原來你知道？」

「嗯，師傅有跟我提過你的事。她說有個像『怪物』一樣的天才。」

「……原來如此啊。」

亞貝爾的身體微微顫抖著，即便如此，他也從未將視線從我身上挪開。

那是擁有不屈信念的人擁有的眼神。
如果要比喻的話，我就像是「魔王」，而你則是挑戰我的「勇者」嗎？
他並不是因為確信自己能獲勝才來挑戰我。
對這傢伙來說，他的心中有某種不能妥協的理由。
「雙方都準備好了嗎？」
芙蕾雅進行最後的確認。
「呵呵，好了。」
「好了……！」
隨時都行。
我已經思量過所有可能性。
即使實際看著亞貝爾，也不會有任何改變。

「那就——開始！」

芙蕾雅的話語落下的瞬間，亞貝爾便倒退了好幾步，將與我的距離拉得更開。
接著他以慢得讓人想打呵欠的速度開始構築魔法。

看著凝聚的魔力我就確定了。

果然和入學考那時相比沒有什麼太大的變化。

——「身體強化×5」。

亞貝爾發動了魔法。

看吧，就如我所料。

「……我要上了。」

「嗯，來吧。」

我沒有發動任何魔法。

僅僅架起了手中的劍。因為我確信自己全憑用劍便能應對。

透過學習劍術，獲得的最大成果即是培育出良好的「眼力」。

我曾無數次與阿爾弗雷德以劍相交，絕對無法單靠力量就能勝過他，因此需要在他行動之前就有所動作。

在對手動作之前就決定好自己該如何行動，時而掌握對手的動態，有時則選擇閃避，而且絕對不錯過任何破綻。

可以說對我而言劍術僅此如此。

但是——想不到僅僅這些技巧會如此地深奧。

我很快就成為了劍術的俘虜。

直到現在也沒有改變。這真的是一個非常有趣的世界。

比起魔法，果然還是比較喜歡劍術啊。

我的劍術是「後手」的劍。

不是由自己主動不斷進攻的「先手」劍術，而是看破對手的動作、突擊破綻的劍術。

這是我在與阿爾弗雷德進行鍛鍊時自然成形的，但我相信這是最適合我的風格。況且還能使用魔法，優點就更多了。

而且，最重要的是我的「眼力」很好。對手細微的動作、呼吸，甚至是衣襬的動向。

透過眼睛獲得的所有情報都會告訴我對手下一步會怎麼行動。

因此我的劍術維持這樣就好，使我不會犯下任何錯誤。

欸，亞貝爾——你以為只有快速且沉重的斬擊對我會有用嗎？

即使你揮出的攻擊超越了人類的極限，我也不可能無法應對正面朝我砍來的劍。更何況在入學考那時就已經見識過一次了。

別開玩笑了。如果以為這點程度就能贏，那真是太小看我了。

亞貝爾猛然蹬地。

伴隨著像是爆炸般的巨響，他的身影瞬間模糊。

他的速度快到就連我的眼睛也完全追不上。

但是，也僅此而已。

那一擊實在太直接了。

輕而易舉就能偏轉這種攻擊。

看吧，就是這裡。

接下來就是讓這股「力量」錯開了。

「——唔！」

喂喂，有什麼好驚訝的？

你該不會真的以為這點程度的攻擊就能打敗我吧？

別太小看我了。

我就像流水般舉劍一揮。

亞貝爾隨即照他原先的衝勁朝我身旁翻滾而去。

他的手撐在地面上，眼神充滿驚愕地看著我。

「怎麼了？就這樣結束了嗎？」

聽到我這麼一問，亞貝爾像是要驅散自己的雜念般搖了搖頭。

他的眼神重新燃起了戰意。這樣就好。來，繼續吧。

「還沒完！」

亞貝爾的氣勢隨著一聲大喊再次超加速。

但結果仍然沒有任何變化。

只需要揮動一劍，然後亞貝爾又再次難看地翻倒在地。

已經閃避三次——我已經習慣了。

面對吼叫著朝我突襲而來的亞貝爾，我改用拳頭迎擊。

感受到扎實的衝擊，伴隨著某種東西碎裂的聲音。

我的拳頭直接命中了他的臉，與倒地的亞貝爾目光再次交會。

看到他的眼神充斥著驚愕和絕望的瞬間——一股激昂的愉悅之情如同電流般流竄我的全身。

「啊哈哈哈哈！」

§

我並沒有驕傲自大，也不認為自己會贏。

可是在認識師傅之後，找到了能讓自己變強的路，甚至通過了大家都說我不可能合格的亞斯蘭入學考。

無法否認——心底的某處萌生了「我也許可以」的念頭。

「啊哈哈哈哈！怎麼了？就這樣結束了嗎！」

看著眼前嘲笑著我的「怪物」，我思考著。

真的就……真的就這麼遙遠嗎？遙遠到就連窺探巔峰一眼也無法嗎？

什麼手段都沒辦法奏效。即使我今後繼續不斷努力……將來真的能夠抵達這個境界嗎？漆黑的濃霧逐漸籠罩住我的心。

「你想知道你我之間的差距吧？——就讓你見識一下。」

盧克一說完，轉瞬之間就迅速發動了一個魔法。

「——『闇之太陽』。」

在一瞬間，盧克的手掌中便出現了一個非常小的黑色塊狀物。

「這是我將自己的『闇』凝聚至極限後形成的『核心』。看吧——要開始了喔？」

我發不出聲音來。視野一片模糊，看不清眼前的事物。

即使如此，那種感覺卻非常清晰。就只有魔力被澈底抽走的感覺非常清晰。

「——咳啊！」

強烈的暈眩感以及想嘔吐的感覺，使得我已經無力到連站都站不穩。

「怎……魔力……正在……」

「該、該死的——！」

「……呼呼。」

「這是……什麼……」

「糟糕……我的……意識……」

扭曲變形的「魔法障壁」被黑色塊狀物吞噬後消失了。

不僅是我，就連觀眾席上的人們也都承受著相同的痛苦。

「啊哈哈哈哈！聚集到不錯的魔力了嘛。」

當我意識到時，原本在盧克手心裡的小小黑色塊狀物，已經轉變成一個非常巨大的東西。

漆黑無比且散發著不祥的氣息——那確實就是「闇之太陽」。

我感覺到光明正在消失。

將會在這裡死去……我自然而然地那麼想。

可是——

「誰會——」

我無法接受。

絕對不會接受！

這種、怎麼能在這種地方——

「誰會放棄啊啊啊啊啊！」

我不能死在這裡。

我什麼都還沒做到！

可是現實是無情的。

無論我的意志再怎麼掙扎，身體還是一動也不動。

「呵呵……果然啊！果然是這樣啊！——我對你表示敬意。」

可惡！動啊！快動起來啊我的身體！

但果然動不了。可惡……可惡……啊……我到底……

我到底為什麼……會這麼弱──

視野逐漸縮減，意識漸漸遠去。

就在世界完全失去光明的剎那，我聽到芙蕾雅老師喊出「到此為止」的聲音。

§

芙蕾雅老師宣布比試結束。

在那個瞬間，盧克製造出的巨大「太陽」如同幻影般煙消雲散了。

那種彷彿從身體內部被拉扯的獨特感覺也消失了。

無盡的無力感隨著魔力的流失湧上心頭，另外加上盧克見到我如此難看的模樣後鄙視的眼神──啊，真讓人受不了。

我的身體深處興奮地顫抖起來，下腹部愈來愈熱。

剛才的招式不是對我釋放，真是太遺憾了。

「說真的，盧克實在太驚人了……」

「……呼呼。」

「妳、妳還好嗎，愛麗絲？妳的臉很紅欸……」

「別擔心。妳不用管我。」

「這樣啊……沒事就好。」

通常這種身體的刺痛感很快就會平息下來。不，是被平息下來。

今天……卻不一樣。不僅沒有平息，我的身體反而還變得愈來愈躁熱……我其實很清楚。早就已經到極限了。一直在忍耐著。

我的一切——自從「那一天」起就改變了。

在認識盧克之前，我確信自己是這世界上最優秀的人。

我從未懷疑過這個事實，因為周圍的人朝我投來的目光總是一模一樣。

所以我很不喜歡在那個派對上第一次見到他時的情景。

他看我的眼神就和我至今望向其他人的眼神一樣。

我想讓他那種將他人視若無物的眼神，染上屈辱的神色。
想重挫他那充滿傲慢的心，再進一步摧毀被憎恨充斥的他。
這麼一來會多麼愉悅呢？光是想像無論多麼憎恨也無能為力的他，我的身體深處就會不由自主地傳來陣陣酥麻。

可是——並沒有變成那樣。

被染上屈辱神色的人反而是我……根本稱不上是勝負。
對他來說，我只不過是眾多微不足道之人中的一員。

無力的我。
淒慘的我。
可悲的我。

我被至今未曾體驗過、鋪天蓋地的負面情緒吞噬殆盡。
然後……我變了。那些我本該厭惡的情緒化為「快樂」，並且轉變為「愛」。

隨著與他相處的時日漸長，我心中扭曲的情感愈發高漲。
就連自己也不曉得為什麼會這樣。但能確定的是，我從根本上被改變了。
我已經無法變回過去的自己，甚至不想變回去。

不過……這同時也是痛苦的開始。

他是從不懈怠的人。每次去見他時，他要不是在揮劍，就是在閱讀魔法書。
他完全不打算將目光放在我身上。他就好像被什麼東西附身似的不停學習，用他那永遠不會被滿足、乾渴的心追求「強大」。
就在那時，我明白了。

他——是過於耀眼的「光」。

光有時會成為人的希望和憧憬。
但是，當光過於耀眼時又會如何呢？它的光芒會灼傷注視者的眼睛，試圖接近它的人會被燃燒殆盡。

時而使人不知所措，時而使人發狂——就是那種過於耀眼的光。
盧克就是那種光芒萬丈的人，他的屬性是「闇」實在是太諷刺了。
即使如此，我還是愛上了盧克……不，這不是那麼美好的感情。

而是更加混濁且令人不快，近乎「依賴」和「狂熱」的感情。

不知道從什麼時候開始，已經沒辦法想像沒有他在的世界了。
他對我並不溫柔，也不曾對我說任何情愛之言。
儘管如此，我的心卻已經澈底染上了他的顏色，不再有他人介入的餘地。
至今都不曾努力的我開始努力了，而且我沒有抱持著隨隨便便的心態。
我很拚命，真的很拚命地努力了。因為哪怕是片刻也好，我也想讓自己被盧克正視。
那是一段艱辛的日子。我傾盡所有的時間用於鑽研魔法，夜裡則沉溺於自慰來發洩我日漸激昂的欲望。在不知不覺間，這成了我的日常。
……我告訴自己，這就是待在盧克這個過於耀眼的光芒身邊需要承受的。
我也曾經想過，要是能忘掉盧克有會有多輕鬆，但那是不可能的。我想只要一被那強烈的光芒迷住，就絕對再也無法掙脫了。

不過我付出的一切都是值得的，因為盧克漸漸願意將目光放在我身上了。

我好開心好開心，開心到了極點。

無論過程多麼艱辛，光是這樣就足以讓我付出無限的努力。

可是——我深知人的欲望永遠不會有被填滿的一天。

盧克的目光猶如甜美的毒藥，緩緩地侵蝕了我的靈魂。

我還要。

我還要、我還要。

我還要、我還要、我還要、我還要、我還要——

我的欲望急遽高漲。

欲望無止境地成長，而我卻不得不忍耐的痛苦。

這份痛苦日漸增強。

所以，這也許是命中注定的。

在今天見到盧克的「闇之太陽」的瞬間——我的心中響起某種東西崩壞的聲響。

我想那應該是某種宛如枷鎖般的東西。

失去枷鎖的我，至今壓抑在心中已久的欲望滿溢而出，在頃刻之間淹沒了我的意志。

「宿舍有提供早餐和晚餐。雖然有些規則需要遵守，但基本上很自由，想做什麼都可以。還有，你們最好和彼此好好相處，這對你們有好處。從你們進入這所學園就讀的時間點開始，你們就擁有了一定的地位。讓你們有機會建立人脈也算是在這所學園就讀的好處。」

當我回過神來，發現自己已經在宿舍裡，意識矇矇朧朧的。

「那麼大家解散吧。明天開始上課，要是有想上的課就別遲到喔。」

一樓是公共區域，二樓是男生樓層，三樓則是女生樓層。

我往校方指定的房間走去。一到房間就立刻打開門，走進去，然後關上門，最後還不忘上鎖。

我直接倒在床上，然後鑽進了被窩中。

手自然而然地伸向下腹部……這樣不好，都變成壞習慣了。

不過我現在的身體就好像一團炙熱的火球，如果不做點什麼來舒緩這陣痠痛的話，我就快發狂了——我隔著內衣褲輕輕撫過。

「……嗯。」

我花了一些時間撫慰自己。

試圖將這股熱量從身體釋放出去。

可是……沒有用。

不管我怎麼安慰自己，痠麻感還是愈發強烈，怎樣都無法滿足。

「……呼……呼……」

我心中某些東西果然在那個時候壞掉了。就是那些壓抑著我欲望的東西。

——已經忍耐得夠久了。

我好像聽到一道聲音對我這麼說。

我已經撐不住了……再也忍耐不了。

當我回過神來，發現自己已經離開房間走了出來——前往盧克的房間。

我的大腦依然冷靜的部分試圖尋找讓自己認可的理由。

生理期才剛過，所以沒關係。而且我和盧克有婚約。

是將來要攜手共度一生的關係，所以應該不會有任何問題。

當這些想法在腦中巡遊時，我抵達了盧克的房間。

就在這一刻，一種微妙的緊張感在我的心中蔓延開來。

但是，更加強烈的是我身體的疼疼感……所以我下定決心，敲了敲房門。

不知是幸還是不幸，門很快就被打開了。

「是妳啊。妳來找我做什麼？」

他明顯表現出厭惡的情緒。他看著我的眼神宛如看著垃圾一般。他毫不遲疑地否定了我這個人。

這一切都讓我更加地興奮，完全抹掉了我僅剩的理智。

「可以……讓我進來嗎？」

「……嗯。」

盧克意外地讓我輕易進了門。

一走進去，我便背著雙手鎖上了門。

「妳到底來做——啊？」

我開始脫衣服，而且動作一點也不慢。

迅速地脫掉外衣，內衣褲也全脫了。

「說真的，妳到底在做什麼……」

盧克的臉色沒有絲毫變化。

不過他的語氣和平常相比卻略顯不同，我覺得可愛到令人受不了。

「……唔。」

我就這麼直接靠近盧克，吻上了他的雙唇，讓我的舌頭滑進他的口中。

彼此的舌頭就這麼交纏著，我直接推倒了盧克——

§

窗外的陽光射入房內。

我從床上坐起身來，望向窗外。

是個美好的早晨。真的……是個美好的早晨……

…………

…………

可、可惡啊啊啊啊！

所謂的男人！

所謂的男人就是這麼愚蠢的生物嗎！

——咚！

我一頭撞向牆壁。

糟糕透了……居然做了。我的理性完全失去了作用。

而且我居然是靠身體意識到前一晚犯下了過錯，而不是自己的腦袋……

該死！這裡的警備到底是怎麼回事！

難道就連做這種事也包含在學生擁有的自由之中嗎！

建立人脈關係不應該是這樣才對吧！

……呼，冷靜下來，畢竟錯的是自己。

想不到我對女性會這麼沒有抵抗力……覺得自己真是沒出息到了極點。

也是，畢竟自己一直將心力投注在學習劍術和魔法上……

「早安，盧克。」

一道聲音響起。這房間裡，除了我之外還有另一個人。

「想不到你連晚上的事也這麼擅長，你真是一點缺點都沒有呢。」

「……閉嘴。快把衣服穿好。」

「哎呀，不是還來得及嘛。」

……可惡。我輕視了這傢伙僅有外貌是優點。

想不到居然會變成這麼暴力的武器。

「——怎麼樣？反正還有些時間，應該可以再來一次吧？」

「…………」

我看著愛麗絲。

如雪一般白皙的肌膚、淡紅色的雙唇、擁有妖豔曲線的身體。

她的一切都在撩撥著我的情欲。啊……真是——

「——快給我手撐著跪下。」

所謂的男人，就是這麼愚蠢的生物。

4

「…………」

正向思考好了。

在十五歲這個年紀就品嚐到了女人的滋味，這也就意味著——我又克服了自身的一個弱點。

這應該不是件壞事……對，我正在接近自己的目標。

將前往沒有任何人能抵達的真正高峰。

…………

……唉。

「一起洗又不會怎麼樣。」

「……閉嘴。」

我與愛麗絲輪流進入浴室泡澡。

沖洗掉蒙蔽我思考的煩亂，以及各種雜念。重新振作起來吧。

在洗澡的時候，腦海中突然浮現一個念頭。

——亞貝爾。

老實說，他是個不值得一提的存在。

他的物理攻擊力確實是獨一無二，但也僅此而已。

無論和他戰鬥多少次，我的勝利都不會受他動搖。只要戰鬥比拼的不是純粹的身體能力，只要是仰賴魔法的力量，他就無法與我抗衡。

……呵呵。

不過，他的眼神不錯。

他即使面對如此巨大的實力差距依然沒有屈服，心中更是無比渴望變得更加強大。

與我所想像中的「主角」大相逕庭。

「感覺會很有趣呢。」

我自然而然地說出這番話。

就在這時，意識到自己心境上的變化。

之前我在某種程度上一直心懷恐懼。害怕自己是否有一天會敗北，這種恐懼有時會籠罩我的心。

並不是說那種恐懼現在完全消失了，只是如今的狀況讓我體會到樂趣。

亞貝爾，不論你將來成長、變強到什麼地步，我都會走在你的前面。

所以——你要努力掙扎喔？

§

我們往餐廳走去。幸運的是因為很近，我們很快就到了。

抵達餐廳後，看到已經有人先到了，是昨天在教室裡見過的眼神凶惡的紅髮男。

他什麼話也沒說，就只是默默地吃著自己的餐點。

「你的眼神還真凶狠呢。一大早看了就讓人不愉快。你可以消失嗎？」

「……啊？」

我覺得怎樣都行。

坦白說，這些微不足道的人做什麼都無所謂。

而且，這傢伙雖然眼神不善，但只是安靜地用餐而已。

完全沒有必要在意……身邊的愛麗絲卻有不同的想法。

從第一次踏進教室那天開始就有這種跡象。

只要她感到一絲不快，就會毫不猶豫地表達出自己的情緒。

她面對我以外的人，都會抱持著充滿攻擊性的態度。該怎麼說呢……感覺起來很有反派女主角的風範。不知道在原作裡她是否也是盧克一方的女主角。

「……該死。」

紅髮男的額頭浮現青筋，散發出隨時可能一拳打過來的危險氣息。

然而令人意外的是，他老實地拿起自己的餐具，往寬敞桌面的另一端走去。

也就是說，他乖乖地聽從了愛麗絲的話。

「很好，看來他有自知之明。盧克，我們用餐吧？」

「——等等。」

我對他稍稍產生一絲興趣。

「你叫什麼名字？」

「……洛伊德。」

原來是洛伊德啊。他是僅次於掌控三種屬性的彌亞、位列第四名的男生。

他看起來像是不良少年，實際上卻相當出色。

這就讓我更加好奇了。

「你為什麼要聽從愛麗絲的話？」

「…………」

洛伊德的表情因憤怒而扭曲，甚至還一副咬牙切齒的模樣。

這傢伙是不情不願地服從愛麗絲所說的話。

儘管如此他還是選擇順從，蘊藏著某種意志。

一種絕對不會屈服的意志。

「盧克，那種男人根本一點也不重要。我們快點用餐——」

「妳閉嘴。」

「對、對不起……呼呼。」

我想知道洛伊德的答案。

「……入學考那時的實戰測驗，我和那個銀髮的在同一個場次。」

「銀髮的？你以為你——」

「——閉嘴，別再讓我說一次。然後呢？」

「…………」

洛伊德停頓了一下，臉上充斥著屈辱和憤怒的表情。

忽視身邊傳來的粗重呼吸聲。

「……她很強。比我還強……該死！」

這番話彷彿概括出洛伊德這個男人的一切。

「我沒有直接和她交手。但是……已經明白了。現在的我贏不了她……」

「呵呵，原來如此。」

「你也一樣，金髮的。我現在也贏不過你……你比那個銀髮的還棘手。我甚至看不出自己和你差距多大……該死！」

真有趣的人啊。

「不過我可沒有放棄。你們這兩個傢伙給我看好了……我絕對會超越你們。」

「啊哈哈哈！你這個人真有趣，我很中意你。」

我很中意他，他是個極為克己的男人。面對認為比自己強大的人，再怎麼屈辱也會強忍下來服從對方。

「嗨，早安。大家都好早啊。我可不可以和你們一起用餐——」

「不行。請你消失。」

「…………」

萊昂納多帶著爽朗的笑容出現在餐廳。

但他的笑容僅僅維持了兩秒，就在愛麗絲無情如利刃的話語下……彷彿一道煙一樣消散了。

「那、那我可以坐這裡嗎……？」

「……隨你便。」

「哈、哈哈……謝謝。我從來沒想像過人的善意能如此沁入人心……」

「…………」

洛伊德接納了萊昂納多。

與他的外貌相反，他實際上似乎相當和善。我仔細觀察後，發現他實在是個讓人大感意外的男人。

「早安。」

「很吵的人來了呢。」

「我只是說聲早安而已吧！我才不吵！」

「看吧，吵死了。」

「妳、妳這個人真是……！」

彌亞出現了。

儘管她滿嘴抱怨著，可是她還是在愛麗絲附近坐了下來開始用餐。

她總是和愛麗絲吵架，但她們的關係可能意外地好。

「妳做好心理準備吧！愛麗絲！我在一個月內會向妳發起排名戰！」

「隨時歡迎。不過妳這個什麼都是『半吊子』的人是不可能打敗我的。」

「妳、妳說什麼——」

「那可不行，小矮子。」

另一道聲音從別的地方傳來。

我馬上就明白了那個人所說的「小矮子」指的是誰。

「剛……剛才是誰說我是小矮子的！」

小矮子指的就是彌亞，而她本人似乎也有所自覺。

而那個說她是小矮子的人居然是洛伊德。

「妳先和我打一場吧。輸了排名戰就要等一個月之後才能再次挑戰別人，所以先和我來一場——妳贏不了那個銀髮的。」

「……我記得你是阿巴史諾特家的次男……『洛伊德．伊利斯．阿巴史諾特』對吧？我知道你。聽說你的魔法很厲害對吧？難道你就因為這樣自命不凡嗎？可以，我接受你的挑戰。我會讓你知道……什麼是差距。」

「哈！真有趣。那就讓我見識一下——小矮子。」

從一早就火花四濺的，真是來到了一所很有趣的學園。

§

我在上午參加了一些課程，今天的課程主要是針對各種屬性的講座。

沒有魔法戰演習之類的實戰課程，我的闇屬性的課程自然也不在其中。

不過，我認為即使是其他屬性的課程也值得一聽。

我的「闇屬性」能夠吸收魔力，並利用所吸收的魔力施展魔法。

這意味著在某些條件下，我也可以使用其他屬性的魔法。

因此我參加其他屬性的課程是有意義的……我懷著這種想法去上課，就結果來看，這些課程實在糟糕透了。

一個我花五分鐘就能理解的知識，他們要冗長地用九十分鐘來說明，這種課程的效率真的非常差。既然如此就沒有必要參加了。

有需求的時候再找老師就行。

而我現在身在亞斯蘭魔法學園引以為傲的大圖書館中，這裡真是一座寶庫。

所有稱得上是知識的知識全都集中在此。

光是能使用這座圖書館，就值得來到這所學園就讀了。由於在一個月內不能向高年級生發起排名戰，我打算暫時把我的時間投注在這裡研究魔法。

不過，像是下午「魔藥學」那種我感興趣的課程，會撥出時間去聽一次看看。

除此之外的時間決定就在這裡度過——好，差不多該動身了。

「……啊！」

就在我離開圖書館的同時，聽到某人的聲音。

我抬眼望去——見到站在一旁的亞貝爾。

「昨、昨天之後就沒見面了呢……」

一個地位不如平民的人和我說話竟然不用敬語，但我並沒有感到不快。

看來，我已經認可亞貝爾擁有用這種態度對我說話的資格了。

「亞貝爾是吧？」

「嗯……那個……我可以直接叫你盧克嗎？」

「隨你怎麼叫。」

他窺伺著我的臉色，整個人戰戰兢兢的，看起來一臉尷尬的模樣。

他昨天的傷勢已經完全不見了，而他那身傷理應不輕。

神官的治癒魔法果然很了不起。

「你不能使用屬性魔法對吧？」

「……嗯，你居然知道啊。」

「你今天上午在做什麼？」

「呃，昨天有位叫布拉德的老師好像看了我們那場戰鬥……」

「……喔？」

「他說要鍛鍊我，就強行把我帶走了……哈哈……」

亞貝爾一臉疲憊地笑了。

那個叫布拉德的人的訓練肯定相當艱苦吧。

原來如此……他果然很幸運。這傢伙擁有吸引周圍人的力量——真的是很有「主角」風範的力量。

呵呵……確實不能小覷。

「你為什麼要來這所學園？」

「……咦？」

「快回答我。」

「啊，這個嘛——算是為了變得更強吧。」

「你為什麼需要變強？」

「就是……」

我懷著些許好奇心隨口對他這麼問道。

然而，亞貝爾的氛圍卻頓時驟變，甚至足以讓人不禁屏息。

「──我不想再被奪走任何東西了。」

哈！哈哈哈！

那是什麼眼神啊！是主角該有的眼神嗎？

就在那一瞬間，真的只是一瞬間，我感覺自己見到了亞貝爾眼神中的黑暗。

很遺憾的是我幾乎沒有原作的知識，他到底經歷過什麼才有了這種眼神？

「如果──」

是的，我不禁想稍微刁難他一下。

我想再多窺探一點亞貝爾心中的黑暗。

「如果我出手奪取你珍視的事物，你會怎麼做？」

「…………」

「你贏不了我。你在昨天已經明白這點了吧？你會怎麼做？來吧，告訴我吧。告訴我你的答案——」

「我會——」

我其實根本沒有必要問這種問題。

不過，我還是忍不住問出口了。我非常想知道亞貝爾的答案。

「我會——做我該做的事。」

「…………」

亞貝爾的回答非常簡單。

但我確實感受到了……隱藏在這段話深處的真正含意。

「啊哈哈哈！——好答案。」

我不會輕視他，這種無法估量的詭譎氣質正是這傢伙的本質。

太好了，能夠在至近的距離感受他這種詭譎氣質，肯定能成為促使我成長的養分。

「啊哈哈……抱、抱歉，說了些奇怪的話。」

亞貝爾彷彿想將剛才的變化蒙混過去般笑了笑。

剛才他散發的那身異樣氛圍已經完全消失了。這所學園真是讓人不會感到無聊啊。

話說這傢伙會選擇什麼課程？會和我一樣去上魔藥學嗎？

算了，無所謂。我也一樣，我會去做自己該做的事。

§

——深夜的王都。

飄蕩著血腥味的巷弄。

在那之中走出了兩道人影——他們立即縱身一躍，移動到屋頂上。

映照在月光下的身影幾乎沒有裸露出任何肌膚。

「又失敗了呢。」

「我厭倦了，應該採取更直接的行動。」

「更直接？真的嗎？」

「真的。」

其中一個說話者是男性，另一道聲音則較為中性。

「不過啊，你要是那樣做的話就太危險了。我們只要按部就班慢慢來就行了吧？說實話我挺喜歡這裡的生活喔。」

「……你忘了我們的任務？」

「哪有，我怎麼可能會忘。」

「你不必擔心，由我來做。」

「你說這什麼話啊……」

「屬性魔法師，廣泛殲敵的能力是威脅，卻非無敵。這個國家的人，過於相信魔法，我能輕鬆解決。」

「唉……你這個人一下定決心就不聽人勸了……但你至少要牢記這點。不能焦急，要慢慢地、確實地去做。」

「……知道了。」

兩人的對話到此結束，他們的影子隨之消失在夜色中——

第四章 失控的兄長

1

「因為真的很奇怪……他們根本就沒有犯罪，怎麼能只是因為長相和我們不太一樣就被當成奴隸……」

起因實在是微不足道。

今天早上，我隨便問了亞貝爾：「要是你成為魔法騎士，你想做些什麼？」隨後亞貝爾回答說：「我想建立一個小村莊。」

他說，並不是所有人都是強者，所以希望至少自己能保護身邊的人。

此外，他還說了這種話。

——「我想解放奴隸。」

他主要說的是「獸人」和「精靈」，那些僅僅因為是「亞人種」就成為奴隸的種族。

……可怕的是，我一開始無法理解他為什麼想那麼做。

完全不覺得將亞人種當成奴隸有哪裡不對。

有必要解放他們嗎？亞人種當奴隸是理所當然的……真的下意識地產生這種想法。

而更可怕的是，我完全不覺得這種想法有什麼異常之處。我的思想並沒有特別極端，當時在場聽到亞貝爾說出那番話的人，幾乎所有人都覺得亞人種就該是奴隸。

嗯，就只有一個名叫莉莉的女孩子似乎早就已經知道亞貝爾的想法，所以並沒有感到驚訝。

現在回想起來，那種景象其實從以前開始就一直存在。就連我家的領地裡，有時也會看到獸人和精靈，而且幾乎所有我見到的亞人種都在服侍人類。

或許只有來自國外的冒險者不會有這種想法。

——「亞人種是人類的奴隸。」

這是米雷斯提亞王國的「常識」，也是深深根植於這具身軀「理所當然」的想法。我想……自己就是因為這樣才不曾注意到這件事。

有種奇怪的感覺，就像是別的地方的知識否定著我腦中的常識一樣。

也許是因為我是轉生者，才能意識到這種怪異的感覺。

很不可思議的是我至今都不曾思考過這點。反倒很好奇亞貝爾為什麼會覺得這個常識是錯誤的。他不是這個國家的人嗎？

「……現在想這些也沒有用嗎？」

這不是馬上就能改變的事情，我也沒有著手去改變的想法。

至少現在的我還有很多事情要做。

不過，一旦我成為被賦予各種「自由」和「權力」的「魔法騎士」，去改變這種無聊的常識也不是不行。不該排斥，而是去利用，我很不喜歡那種欠缺合理性的常識。

然而，要解放奴隸也會有各種問題隨之而生，這不是一朝一夕之間就能解決的。

無論如何，不管是這個國家還是其他國家的歷史都一樣，我都該更加深入地學習。

一邊這麼想著，離開了圖書館。

我立即轉換了心態。

接下來要參加的是今天的最後一堂課程——「特殊魔法戰演習」。
校方事先發放的資料上沒有記載講師的名字，只寫著「特別講師」。
有很多堂課的資料上頭都是類似的情況，而「特殊魔法戰演習」也是其中之一。
至於授課內容，資料上寫著「假設面對使用特殊屬性魔法的敵人所進行的戰鬥演習」。
呵呵，還真是令人雀躍的內容啊。
這會是一門什麼樣的課程呢？我有些期待。

§

「好久不見了呢——愛麗絲。」
「怎麼……可能……」
就連我也大感驚訝……這實在是太令人意外了。
「盧克也是，好久不見。我們最後一次見面差不多是一年以前吧？」
「……是啊。」
銀色的頭髮、細長的藍眼睛、透亮的白皙肌膚、端正的面容。

他正是愛麗絲的兄長——「約蘭德」。

「大家都到齊了嗎？差不多要開始上課了喔！」

愛麗絲從來不曾如此動搖過。

「欸，妳哥哥是個超級大帥哥啊。」

彌亞對著愛麗絲耳語道。

「……哪裡帥了。」

愛麗絲面露打從心底厭惡的表情否定了。

不，客觀來說，約蘭德的容貌確實非常端正。

「好、好帥……」

「天啊，也太帥了吧。」

其他女學生也發出了讚嘆的聲音。

「……唉。」

與之對比，愛麗絲見到眼前的情景不由得嘆了口氣。

「首先讓我從簡單的自我介紹開始吧。我的名字是『約蘭德．埃里亞斯．隆茲戴爾』。直接叫我約蘭德就好，請多指教呢。另外，我想應該已經有人注意到了，那邊的愛麗

絲就是我的妹妹喔。」

「…………」

約蘭德開心地笑著，而愛麗絲則不悅地瞇起眼睛。

這對兄妹的反應截然不同。

當初實際與他見面時，我從這個男人身上感受到一種奇妙的不尋常之處，而愛麗絲卻告知他只是個微不足道的人。然而——

「大致上來說，我現在的頭銜是『王國第二魔法師團副師團長』。不過，我也是今年才被任命的就是了。」

看來愛麗絲對他的認知已經是過去的事了。

我有聽說過傳聞。據說他雖然是王國魔法師團的一員，但只是個平凡的士兵。

不過我也聽說了，他似乎在兩年前突然開始展露頭角。

沒錯——正是兩年前我和愛麗絲訂下非我本意的婚約那時候。

但是，我在此刻才知道他已經爬到副師團長這個位置。

一個平凡的士兵在兩年內成為副師團長顯然不尋常，可謂異常了。

「好的，我的自我介紹就到這裡，我們直接開始說明這堂課的內容吧。我這堂課的名字是『特殊魔法戰演習』，有人知道這堂課要教的是什麼嗎？」

「我！」

一個男生高高舉起他的手。

「好的，你的名字是？」

「是！我是羅根．洛爾．康普頓！」

「很好——羅根。那麼你能回答我的問題嗎？」

「假設面對使用特殊屬性魔法的敵人的情況來進行戰鬥演習！」

「正確答案。那麼你能舉一些『特殊屬性魔法』的例子嗎？」

「這個……我不知道！」

「嗯！很誠實，很好！」

看著這個名叫羅根的男生以良好的態度與自己的兄長互動，愛麗絲喃喃說道：

「……真噁心。」

——約蘭德的動作在那瞬間驟然一頓，我沒有漏看他的身體在那短短的一剎那顫抖了一下。

咦……剛才是怎樣……

我覺得自己似乎窺探到某種非常令人毛骨悚然的事物的一鱗半爪。

「那、那麼我繼續為大家講解吧。所謂的四大屬性——就是『火』、『風』、『水』、『土』。與這四大屬性截然不同的就是特殊屬性。例如，我的『磁力』屬性就是其中一種。」

——是「磁力」啊。

「那麼那位高大的同學！」

約蘭德筆直地朝他指去。

「叫、叫我嗎？」

「嗯，你叫什麼？報上名字就好。」

「我叫雨果！」

「好的，雨果。你的屬性是什麼？」

「我的屬性是『岩』。」

「嗯，不錯的屬性呢。那麼，可以請你對我施放魔法嗎？愈強大愈好，麻煩你了。」

「這、這樣好嗎……？」

「當然。反正你也打不中我。」

「……我明白了。」

約蘭德挑釁的話語激起了雨果的鬥爭心。

「我要施放魔法了！」

「嗯，儘管來吧。」

「——『岩魔彈』。」

他在詠唱的瞬間凝聚出一塊巨大的岩石，朝約蘭德飛射而去。

速度也挺快的，還不壞。

以那種大小和速度，要是現在不立刻動身迴避的話就來不及了。

即便如此，約蘭德依然一動也不動。

「請避開！」

雨果忍不住大喊出聲。

「——『斥力』。」

約蘭德如此一詠唱，便輕柔地改變了巨大的岩石軌跡。

它就這樣飛越約蘭德的頭頂。

「看吧，沒有打中對不對？」

他就像個孩子一樣純真地笑了。

「好、好厲害……」

包含雨果在內，場中大多數人都驚訝得倒吸了一口氣。

見到剛才的情景後，我對這種「磁力魔法」有了一定程度的理解。

那是非常強大的魔法。

呵呵，說這傢伙只是個微不足道的男人？少說蠢話了。

「我的『磁力魔法』能為任何東西賦予磁性，進而產生引力和斥力。像剛才，我為雨果釋放的巨岩和地面都賦予磁性，從而產生了斥力。」

原來如此。

「你們覺得我很厲害嗎？可是呢，我能夠賦予磁性的範圍，最多也只有以我為中心的半徑五公尺內；沒辦法反彈熱氣和冷氣；若產生的引力和斥力愈大，消耗的魔力就會愈多；缺乏廣範圍的攻擊手段……諸如此類，我的屬性魔法有許多缺點。」

約蘭德繼續說道：

「現在是我主動告訴你們的，但是在實戰中，你們必須在戰鬥中找到對手身上這方面的弱點，並且發揮自己的優勢擊潰對方。大致就是這樣，在這堂課我將教你們學會如何和我這種特殊屬性魔法師戰鬥。」

——「特殊魔法戰演習」。

這一門課挺不錯的嘛。我已經決定要上約蘭德的課了。

「考慮到課程的需要，我打算之後帶我所屬的魔法師團的夥伴過來，請他們擔任各位的對手——好，說明得差不多了。」

就我所見，似乎有很多人對這門課的觀感都很好。

只有愛麗絲的表情仍然無比複雜。

「接下來嘛……盧克。」

就在這時，他突然點到了我的名字。

「我聽說你是這一屆最優秀的人喔——怎麼樣？要和我戰鬥看看嗎？」

「……呵呵。」

他的笑容看起來很柔和。

但是這強烈的敵意是怎麼回事？感覺他似乎非常厭惡我。

我應該沒有對他做過任何不好的事吧？

「好，那就來吧。」

「太好了。」

在眾人的注目下向前走去。

我和約蘭德保持距離，並且各自都拿起了劍。

「基於我魔法的特性，我也會用劍。」

「這樣啊。」

「隨時都可以開始喔。」

「呵呵，那我就不客氣了。」

我發動了一個魔法。

「——『闇之吸魔』。」

這是一種活用我闇屬性的特性，吸收對手魔力的簡單魔法。

不過他的效果相當有用。
對於魔法師來說魔力就是生命線，魔法師失去了魔力就什麼也做不了。
我確信和魔法師戰鬥時，自己的「闇屬性」是最強的屬性……原本應該是如此的——
現在我卻沒辦法吸收。
「我很清楚你的『闇屬性』喔。不過，我可以為我自己的魔力賦予磁性，利用引力來抵銷你魔法的效果——想不到你的魔法沒什麼了不起的嘛。」
「呵呵、啊哈哈哈哈！」
真是太有趣了。
這讓我開心得不得了。
「——『賦予：闇』。」
我讓右手中的劍纏繞上闇屬性。
「——『闇之鎧』。」
闇屬性魔力化為鎧甲的形狀覆蓋在我的全身。

「——『身體強化×2』。」

龐大的能量流竄全身。

「我要攻擊了喔？」

「來呀。」

帶著宛如在臉上綻裂開的笑容，我猛踩地面向前衝去。

§

約蘭德打從心底認為，自己的妹妹愛麗絲是這世界上最美麗的人。

這世上的男人不可能對她視若無睹。約蘭德比任何人都理解這一個事實，因此他非常清楚愛麗絲總有一天會離開自己的身邊。

約蘭德早已做好接受這個事實的心理準備。

然而，他深愛的妹妹卻被改變了……被那名為盧克的惡魔改變了。

而這是他無論如何都絕對無法接受的。

因此約蘭德揭示他為了某種目的隱藏至今的真正實力。

如今，一個不曾出現在原作故事中的怪物就此展露獠牙——

§

——好玩。真的好玩得不得了！

由於每個人的魔力儲備量都有上限，照理說常駐型魔法是絕對不可能存在。

然而，盧克卻會使用多樣這種本應不該存在的魔法。當初為了抵抗艾米莉亞的「音魔法」時所獨創的「闇之加護」，就是屬於其中的數種防禦魔法之一，此外情報魔法也包含在其中。

那麼讓這些魔法從不可能化為可能的是什麼……這就要追朔到盧克進入亞斯蘭魔法學園就讀之際，他所研發出的另一種魔法。

那就是——「闇之吸魔」。

這是一種相當簡單的魔法，活用了闇屬性的特性來吸收魔力。

盧克並不是將其用於他人，而是用來吸收空氣中的魔力，也就是為了提高「自然回復魔力量」而使用。只要使用的對象不是人類，就不會受到抵禦。

這也因此產生了一種「矛盾」的現象，他即使長時間使用魔法，本身的魔力量卻不減反增。

經過反覆鑽研後，盧克成功大幅提昇了闇屬性「吸收」的特性。

因此經由這個魔法產生的「矛盾」如今已經變得極其巨大。

也就是說——對於盧克而言，魔法師最大的弱點「耗盡魔力」是幾乎不存在的。

然而，約蘭德成功「抵抗」了盧克的「闇之吸魔」。

光是這樣就足以證明約蘭德這個男人是個多麼卓越的魔法師。

即便如此，要是約蘭德無法打破這種局面，最終因為魔力儲備量的差異而先行「耗盡魔力」的人將會是他，這同樣也是事實。

正因為在瞬間就理解了這個事實，約蘭德才會主動挑釁盧克。他確信盧克在意識到他是故意挑釁後肯定會上鉤。

實際上這是正確的決斷。單靠持續使用「闇之吸魔」確實能決出勝負。

尤其是盧克還保有進一步強化這個魔法的餘力。

不過——那樣就太無趣了。

盧克想見到眼前的男人毫不保留地使用他強大無比的磁力魔法。

然後，在此基礎上從正面擊敗約蘭德。這是他無法抵抗、極其傲慢的渴望。

他這麼做的理由僅此而已。對於盧克而言，光是這樣就已經足夠了。

「啊哈哈哈哈！」

「——真厲害呢。」

雙方都在魔法的幫助下，以遠超人類極限的速度進行劍術的攻防。

在一旁觀戰者皆無人開口說話，全都靜靜地觀看著這場完全不像是兩名魔法師進行的戰鬥——不，他們是完全被吸引住了。

這場戰鬥美麗至極，讓旁觀的眾人連眨眼的時間都不願意浪費。

而在這些人當中，最為沉浸於戰鬥，無法將目光挪開的人是「亞貝爾」。

（……就是這個。）

至於原因——就是因為他相信了。

（我應該追求的極致——就在眼前！）

原本與原作故事沒有關聯的約蘭德登場。

還有本該醉心於自身的才能而不曾努力的盧克，憑著永不滿足的貪婪心追求著強大。

各種原先不可能發生的事使得故事產生種種分歧，間接促進亞貝爾成長了。

每當手中的劍與約蘭德產生碰撞時，盧克都會閃過這個念頭。純粹論速度的話，約蘭德本身的速度便微微超越使用了「身體強化×２」的自己。

（真驚人。在現在這個時間點，他完全就是加強版的亞貝爾。）

約蘭德憑藉磁力屬性的魔力賦予物體磁性。

藉由將那種魔力施加在物體上使出的磁力魔法，使得連金屬以外的所有物體都能產生引力和斥力，是種極為強大的魔法。

然而，不難想像要掌控這種魔法絕對不是一件容易的事。

（運用磁力大幅加劇自己的速度，還有那種彷彿嘲弄自然規律一般的異常動作……呵呵，掌控魔法的精準度真是驚人。）

不過即便如此，約蘭德此時的狀態仍然等同於魔法被封印了一半以上。

這是因為盧克發動的「闇之鎧」所致。

這個魔法不僅能防禦物理性的攻擊，還能抵禦所有魔法造成的干擾。

因此約蘭德無法對盧克本人施加磁力造成任何影響。

不管是戰士還是魔法師，一般人只要被約蘭德拉近距離的當下就會分出勝負了。

當然，盧克自己也很清楚這一個事實。而正是因為他很清楚，所以做了一個決定。

那就是——除此之外不再使用任何魔法。

若能賦予磁性，約蘭德的磁力魔法甚至能對他人的魔法造成影響。

然而，盧克的闇魔法卻不在此列。

闇能吞噬一切，就連磁力魔法也不例外。

要是再使用更多闇屬性魔法，整場戰鬥想必會變得簡單至極。

不過，不對……這並不是盧克所追求的。

他想要處於對手有利的情況下，以壓倒性的力量征服對手。

一切都只是為了不容藉口的完全勝利。

這正是傲慢至極的盧克所追求的勝利。

他堅信自己擁有貫徹這個任性的力量。

盧克依據的並非是憑空而生的自信，而是基於他累積至今的一切所支撐起的自信。

（如果單看劍術，他比不上阿爾弗雷德。不過，麻煩的磁力卻充分彌補了他的不足之處。要適應需要花一些時間。）

（……打不中。盧克的防禦太澈底了，所有攻擊都被他以毫釐之差防禦下來，就像拿劍砍水一樣沒有任何手感。原來如此，他的眼力非常好——比我想像中的還厲害。）

兩人的思緒交錯。

在勉強能看清兩人戰況的觀眾眼中，盧克和約蘭德的實力想必不相上下。

而對於現在限制自己禁用數種魔法的盧克而言，這可以說是正確的。

然而，這種情況僅限於當下。盧克在戰鬥中以堪稱暴力的速度急劇成長。

對手的呼吸、出招的時機、他個人特有的節奏。

盧克彷彿嘲笑般將這一切確切地掌握在手中，進而展現出猶如預知般的預判。

僅僅加入了磁力這一要素，約蘭德手中的劍能使出的戰法組合就趨近於無限。除了超乎常理的動作之外，他甚至能改變磁力的強度從而掌控攻擊的節奏。

但是，只要是人都會有情感，而且無法澈底將心中的情感排除在外。

總會有某些劍式和動作是本人不自覺地感到厭惡的——而這將使無限轉變為有限。

（……真的很厲害。）

兩人鬥劍的情景令人忘卻時間的流逝，攻守最終在不知不覺間互換了。

在所有人都被眼前的景象吸引的同時，也有人因此被擾亂了心神——那人正是愛麗絲。

如今滿滿的疑問在她的腦海中狂亂地飛舞著。

（那個人……真的是我的兄長嗎……？）

她至今為止都否定了這個事實，然而，展現在眼前的一切卻又肯定著這個事實，使得她的心怎麼樣都無法平靜下來。

然後焦躁與憤怒逐漸侵蝕她的內心深處。

（……他騙了我。）

這是被背叛後產生的憤怒。

此時的愛麗絲幾乎沒有想到自己過去對兄長做出的惡劣行徑，心中就只有如烈火般熾熱燃燒的怒火。

（…………唔。）

緊接著充斥了愛麗絲心中的是名為「不甘心」的情感。

盧克居然因為和那個自己一直以來輕視的哥哥戰鬥，而且那麼開心地笑著。

現在的自己絕對不能讓盧克感到滿足。

這個事實使她萌生難以忍受的不甘。

（還不夠……）

想變強。還想要變得更強。

在這一刻，愛麗絲的心中這麼想著。

而她對強大的渴求僅僅只是她想讓自己的存在映照在盧克的眼中罷了。

她也是一個才華洋溢的人，原本的她或許不會渴求強大到這種地步。

——名為盧克的男人開始努力了。

僅僅因為這個事實，便讓整個故事澈底發生轉變。

「……唔！」

劍擊交鋒超越千次以上。

這場似乎永遠也不會結束的戰鬥，突然以一種簡單到令人意外的方式迎向結局——這也是必然的結果。

約蘭德的劍被彈飛，劃過空中，隨後插入地面。

「我贏了……對吧？」

「……嗯，是我輸了。」

全場陷入剎那間的寂靜。

隨後響起了洶湧的歡呼和掌聲。

「喔喔喔喔喔喔喔喔！」

那是眾人不吝對場上的兩人送上的讚賞。所有人都感謝並讚揚他們精彩的模擬戰。

約蘭德在這樣的氛圍中思索著。

（——跟我計劃的一樣。）

事實上，約蘭德有旁觀盧克和亞貝爾之間的那場戰鬥。

當時他親眼見識到盧克的實力，早已意識到自己無法勝過對方了。儘管出乎約蘭德所預料，盧克沒有使出與亞貝爾戰鬥那時的大型魔法，除此之外大致上都在他的預期之中。

那麼，他為什麼要向盧克邀戰呢？

為了盧克——不是。

為了讓學生成長——也不是。

是為了滿足他自己的欲望。

（啊……我真是太可悲了……身為一名講師，居然還主動挑釁盧克，與他戰鬥，而且還輸了……更慘的是我這副可悲的一幕——竟然全被「愛麗絲」看在眼裡。）

「……呼呼。」

沒錯，這一切都是為了將自身這副醜態展露在愛麗絲眼前。

如烈火般熾烈燃燒的激昂情緒在約蘭德心中亂竄。

他甚至連站都站不穩，整個人就像是崩塌一樣跪倒在地。

「老、老師你沒事吧！需要我請神官來嗎？」

「沒、沒事……呼呼……我只是有點累了。」

這時，約蘭德和愛麗絲的視線交會了。

對上愛麗絲那充斥著宛如看到什麼骯髒事物、不把人當人看的輕蔑眼神。

（啊……啊啊……啊啊啊啊啊啊啊啊——）

「欸？老師？咦——！大家不好了！約蘭德老師昏過去了！」

異常高漲、邪惡怪異的情感輕而易舉地奪走了約蘭德的意識。

§

當我離開校區後，夜色逐漸降臨。

我感受著有些涼意的風，邁步朝宿舍走去。

雖然稍感疲憊，我的心中卻充滿了無窮的幸福感。

和約蘭德的戰鬥非常有趣。真的很開心。

我都不記得上次這麼亢奮是什麼時候了。坦白說，這次的戰鬥比亞貝爾那時還要充實好幾倍。

或許正因為如此，本應因疲憊而沉重的步伐反倒非常輕盈。

「盧克。」

就在這時，聽到有人呼喚我的聲音。

「——是約蘭德啊。」

「我能和你稍微談談嗎？」

「可以。」

現在我的心情很好，要刻意找尋拒絕的理由反而比較難。

我和約蘭德一起漫步在洋溢著夜色的天空之下。

§

曾有個非常聰明的少年——不，他實在是太過於聰慧了。

少年開始感到自己「格格不入」是在他五歲的時候。

身邊的人，沒有一個能理解他認為理所當然的事情。

智力低得驚人，簡直不像是同為「人類」。

這種殘酷無比的現實，讓少年感受到深不見底的龐大孤獨。

無聊透頂，真的是太無聊了。

從那天起，少年眼中的世界緩緩地、但確實地失去顏色。對於未來的希望隨之枯竭，少年失去了活著的目的。

這個褪色的世界對少年的影響極其深遠，他的心靈逐漸扭曲。

即使死了也無所謂。就在少年迎來第九次生日的時候，他完全失去了對於這個世界的執著。

他之所以活著，就只是因為沒有死而已。這是一種極為被動的活法。

然而，某一天——世界對少年微笑了。

一切始於少年某次基於微不足道的原因受傷之時。

那就像是在原野上玩耍的孩子跌倒所受的那種小傷，根本沒必要擔心。

少年本人也完全不在意。

——『哥哥你還好嗎？』

有某個人向他搭話了。來人正是當時年僅四歲的愛麗絲。

那時是他首次真正地認知到她是「妹妹」。

由於之前她對自己來說實在是過於微不足道的存在，以致少年總是在下意識間不將她放在眼裡。

——天使。

一道光芒射入黑暗之中。

那是少年的世界重新獲得色彩的瞬間。

她的心純潔無瑕，懷有沒有絲毫雜質的善良。

除了天使以外，還能把她這個存在稱為什麼呢？

這真的只是一件微不足道的小事。然而，少年至今為止的人生宛如謊言一般，他就這麼以大失所望的方式找到了活著的意義。

但是，已經晚了，實在太遲了。

被絕望的日子侵蝕的少年心靈早已澈底扭曲了。

——他想要讓這個「天使」墮落為「惡魔」。

常人無法理解的邪惡欲望掌控了少年的心。

他想見到那雙充滿純潔和慈愛的眼神，轉變為冷酷且充斥輕蔑的目光。

——一陣戰慄。

在這種念頭一閃而過的瞬間，少年感受到像是脊髓流竄過一道電流的感覺。

隨後，幾乎能使全身毛髮豎起的快感貫穿全身。

少年毫不猶豫地做出決定。

他要將自己所擁有的一切能力全部投入到「掌控人心」上。

他要掌控包含自己在內，所有圍繞著愛麗絲的人們的心。

透過掌控影響構成人格的諸多因素——使天使墮落為惡魔。

少年令人毛骨悚然且充滿罪孽的計畫從這一天開始了。

就連對於這個世界感到絕望，至今活得無精打采的生活，也被他視為擴大這份祝福的布局。

如今，周圍的人全都認為自己是個無能的人，實在太有利了。

於是，少年開始通過反覆且無關緊要的日常慢慢地培養著。

——培養使愛麗絲轉變為惡魔的「嗜虐心」。

徹底掌控身邊的人。

這種事情本該是不可能辦到的，然而神卻賜予了他。

將優秀到令人生懼的「頭腦」給予一個不該擁有的人。

於是就在少年成長為青年時，他的計畫終於開花結果。

——『我的兄長，你太噁心了，可以不要靠近我嗎？』

——『……呼呼。』

一切如他所計劃。

天使已經墮落成惡魔，那之後的日子對於青年來說簡直猶如天國。

改變心態竟然能讓世界變得如此多采多姿，使他打從心底感到驚嘆。

每當沐浴在愛麗絲那充滿輕蔑的視線中時，他渾身上下都會充斥非比尋常的快樂和幸福感。

然而，就像某天突然有「光」照進少年的世界一樣，「闇」也同樣突然降臨了。

正值十二歲的愛麗絲受邀參加一場派對。

——一場慶祝名為「盧克．威薩利亞．吉爾伯特」的男人的派對。

青年的父母相當注重傳承悠久的貴族世家形象，因此不允許他出席派對。這也是佯裝無能必然會產生的結果。

不過對於青年來說，除了愛麗絲以外的一切都無關緊要，這對他只是件微不足道的小事。

然後——悲劇發生了。

僅僅一天。

僅僅過了一天，愛麗絲就徹底改變了。

青年耗費數年的時間來培育愛麗絲的嗜虐心。

被那個名叫盧克的男人在短短一天之內塗抹得面目全非。

青年立刻就知道了。愛麗絲從派對回來以後，青年從她的眼神中理解到再也見不到曾經的「惡魔」。

她的嗜虐心並沒有消失，但她的眼神中所寄宿的是和自己一樣濃厚的「受虐愛好」及「愛戀」，再也沒有兄長的一席之地。

這是一件連擁有驚人才智的青年也無法理解的事。

到底是發生了什麼事，才能在這麼短的時間內讓一個人的心產生如此巨大的變化？

若愛麗絲只是喜歡上他的話倒還能理解。

但是寄宿在她眼神中的「受虐愛好」究竟是怎麼回事？

她到底看到了什麼？又聽到了什麼？為什麼她會有那麼大的變化？

之後又過了數天，青年彷彿受到追加攻擊般得知愛麗絲訂婚的消息時，他也只能苦笑了。

這讓他意識到，原來自己的幸福居然建立在如此脆弱的基礎上。

然而——奇怪的是他並未心生「絕望」。

和愛麗絲一同度過的時光，已經在不知不覺間稍稍改變了青年的心。

青年已經變得足夠「人類」，讓他得以坦率地為妹妹的幸福感到高興。

盧克那個男人來家中拜訪了。其實青年對他非常感興趣。

僅花了短短數天的時間就將妹妹改變到這種地步，他到底是怎麼樣的男人呢？

然後他只看了一眼就理解了。他親身體會到盧克的氣質，僅和對方短短交談幾句話就確信了——這位名叫盧克的男人，就是他本以為這世上不可能存在，與自己同等甚至遠超自己的人。

青年明白了。

盧克這個男人並非改變了愛麗絲，而是讓她變回了原本的模樣。

能遇到這種程度的男人，對愛麗絲而言無疑是幸福的。

至於原因呢？因為愛麗絲內心深處的欲望與青年是相同的。

——「想被一切都凌駕於自己，而且自己真心愛戀的人虐待」。

這種扭曲的欲望澈底束縛著青年。

青年過去不曾認識可稱得上和自己同等的存在，就連將來是否能找到那種人也是未知的。這就是他試圖將愛麗絲轉變為「惡魔」的起因。

青年笑了。他覺得愛麗絲真的很幸福，甚至讓他心生些許嫉妒。

對於他在這個世界上最美麗且最珍貴的妹妹來說，不可能有比盧克還適合她的對象。

他無法去阻饒他們的關係。話雖如此，他也並沒有放棄追尋自己的幸福。

正因為如此，青年放棄了至今為止的所有計畫，按照新的方針開始行動。

§

「——事情就是這樣了。哎呀，年輕真是可怕呢。」

「…………啊？」

原本還以為他是來認真講述今天上課時的事。

可是他啟齒之後我聽到了什麼？

——這傢伙，居然坦白自己是令世人顫慄的光源氏計畫的執行者。

我清楚地感受到背脊流竄過一道寒意。

「那我們來談談將來的事吧——你可以把我當作你的『棋子』留在你身邊嗎？」

「……我聽不懂你從剛才開始說到現在到底是什麼意思。」

「啊哈哈，如果是你應該能理解吧？」

……為什麼這傢伙能如此爽朗地笑著呢？

我現在可能親眼見識到了人類這個種族的可怕之處。

「收下我會有三個好處喔。」

「…………」

唔……頭好痛……

這是怎麼回事……我有種強烈的既視感。

「首先，你將擁有我這個極為優秀而且可以任你使喚的棋子。不管多麼骯髒的工作我都能完美完成。當然，我現在還欠缺實績來爭取你的信任就是。不過我將來會表現給你看，所以請你放心。」

「…………」

「其次，我很擅長掌控人心……我想想，人應該差不多快到了……啊！來了來了。」

一名光頭男子從空中輕盈落下，單膝跪倒在約蘭德面前。

「非常抱歉，我來晚了，約蘭德大人。」

「沒事，你來的時機正好。」

來者穿著魔法師團的隊服。

能使用飛行魔法確實很了不得，但說實話對現在的我來說根本就不重要。

我累了……真的有必要繼續聽這傢伙說什麼嗎？

「我來介紹一下，他是戈爾多巴。這男人擔任我所屬的第二魔法師團的師團長喔。」

「…………」

身為團長的戈爾多巴，此刻正單膝跪在擔任副團長的約蘭德面前。

原來如此，這傢伙直接證明給我看——證明自己多麼能幹。

「好了——你可以回去嘍。」

「是！恕我告辭！」

戈爾多巴輕盈地飄身飛起，就這麼往天際飛去。

他真的就只是為此而來。

「……你調教得挺不錯的。」

「畢竟我非常努力嘛。第二魔法師團裡大部分的人都已經對我效忠了——也就是說，你答應的話得到的可不只是我這顆棋子而已。」

「…………」

見識到他做到這種地步，已經不覺得這傢伙正常了。

他為什麼為了討好我不惜做到這種程度？他的想法太超前了，無法理解。

「最後……我也不知道這對你來說算不算好處，不過你可以把你和愛麗絲幸福的日子展現給我看喔……這、這麼一來感覺應該會很棒吧！會很有優越感對不對？……呼呼……而我就只能悲慘地自我安慰了呢……咦、咦？欸？盧克？」

我邁步離去。

連頭也不回——

2

自從目睹了愛麗絲的兄長約蘭德那令人毛骨悚然的本性後，已經過了數天。

但那天所發生的事情依然鮮明地烙印在我的腦海中。

我可能這輩子都忘不了。話說回來，如果不出意外的話，我和愛麗絲的婚約應該不會再有變數。

光是想到那傢伙會成為自己的內兄就覺得可怕。

能讓我感到可怕還真是了不得。此外我從來沒想過我會有同情愛麗絲的這麼一天，她實在是太可憐了。

要是沒有那個令人不快的兄長，她或許能成為一個更溫柔、更正經的女孩。

……不對，她會變成現在這樣，我是不是也有責任？算了，沒必要繼續想這些事。

總之我現在能確定的，就是約蘭德那個男人是令人作嘔的「邪惡」化身。

不過——經歷過那天發生的事後，使得我對於「棋子」產生興趣也同樣是事實。

至今的所作所為都只專注於如何讓自己變得更強。

我在這條路上從不妥協，也能斷言自己所做的一切都是對的。

當然今後也沒有放棄追求強大的念頭。

只是，獨自一人能做到的事情無論如何都將愈來愈少。

遲早會需要能當我手下的人。

「……嘖！」

這麼一來就像是照約蘭德所說的去做一樣，讓我感到很不爽。而除此之外，儘管很不情願，我的理智卻能理解那傢伙作為「棋子」的實用性，這真的讓令我不悅。

就在這時，我想起一件事。

原先完全沒有興趣，但其中必然有一方會「敗北」，真是個好時機。

「——呵呵，正好可以用來做實驗。」

說起來就是今天吧——

彌亞與洛伊德這兩人進行排名戰的日子。

§

對於大多數的國民來說，「戰鬥」是和日常生活相距甚遠的事。

而「魔法戰」就更是如此了。因此，開放讓國民觀戰的亞斯蘭魔法學園「排名戰」，就成了國民們心中最受喜愛的娛樂。

亞貝爾和盧克的排名戰是特例不在此限，但通常要進行排名戰前首先要向校方申請，接著將消息公布給國民，最後才能正式進行。

因此今天這場比試的消息早就已經宣揚出去了，如今已有許多人聚集在學園內的競技場中。

「今天要打的是一年級的是吧～？」

「對對對，是第三名『彌亞』和第四名『洛伊德』要比試。唔～這學年一開始就是前段的人要對決欸！真是熱血！」

「可是啊～要比戰鬥有多華麗多激烈的話，一年級的就是比不上高年級的吧～我果然還是喜歡經驗豐富的三年級生之間的排名戰。」

「你傻啊？你這樣可就足足白費了一半的人生喔？一年級生才是原石，他們擁有巨大的成長潛力，你竟然不能理解這有多麼美好？他們厲不厲害根本不重要，重點是要不要支持他們。就算一開始弱一點也沒什麼關係，他們永不放棄、不斷努力後逐漸成長的過程才是最燦爛的。那種學生才是我們應該加油打氣好好支持的對象。必須得推！」

「你這個人果然真的很奇怪～」

「不，奇怪的人是你。」

觀眾逐一聚集到即將進行排名戰的競技場。

雖然一開始四處都有些空位，但過了一小時後那些空位也全被坐滿了。

人們對於即將在眼前展開的比試帶來的興奮開始轉變為心中的熱情。

剩下的就只有等待開始的時刻到來。

「居、居然有這麼多人……」

而在場的眾人中，彌亞感受到人生中前所未有的緊張。

感覺就像有人抓住自己的心臟般，使她喘不過氣來。

「沒事的……沒事的……」

根本沒有理由害怕。自己是被鑑定出三種屬性的天眷之人。

而且自從在入學考時輸給愛麗絲後，她就拚命地刻苦學習。

不可能會輸。彌亞拚命地說服自己。

「時間到了。」

「……好的！」

看來比試就要開始了。

令她厭惡的情緒並沒有消失，依然翻攪著她的心。

但是，她不想輸。這是她絕對不能接受的。

因此彌亞以強而有力的聲音回答道。即使勉強自己也好，無論如何都要振作起來。

明明還沒開始戰鬥，當她緩緩邁出腳步的時候，不舒服的汗水已經沿著她的背脊滑落了。

接著當她踏入會場的那一刻——轟然而響的歡呼聲響徹全場。

「——唔！」

大量觀眾的視線刺得她承受不住，使她的心更加混亂了。

彌亞感覺似乎能聽到自己劇烈的心跳聲。

「怎麼了？小矮子？妳的表情很僵硬喔？」

「……才沒有那回事。」

洛伊德與彌亞形成對比，面露頗有餘裕的笑容。

而這更加重了她內心的沉重。

「雙方拉開距離。」

彌亞再次深呼吸，緩緩地邁步拉開了距離。

深吸一口氣，然後吐了出來。隨後她的情緒便稍稍平靜了一些。

（沒事的……我能做到。我會打敗愛麗絲，最後也會追上盧克。我不能在這種地方輸掉……！）

她的眼神中燃燒著如烈火般的鬥志。

怎麼可以輸？她堅定的意志在心中狂暴地翻騰。

「不錯嘛。不這樣就沒意思了！」

洛伊德面露猙獰的笑容，彷彿在催促著裁判趕快開始。

「雙方都準備好了嗎？」

兩人都點了點頭，堅信自己會勝利。

「那就——開始！」

戰鬥終於拉開序幕。

而這場魔法戰——卻沒有演變成激烈的對決。

這場戰鬥結束得實在過於簡潔。

彌亞能夠使用的屬性有「雷」、「鎖」、「治癒」三種——「雷」屬性能使出避也避不開的魔法攻擊，「鎖」屬性則能造成物理傷害和拘束效果。此外她還能使用可以治療傷勢的「治癒」屬性，一般的魔法師根本沒辦法與她正面抗衡。

是的——她毫無疑問是天眷之人。

然而，由於選擇過多卻使她產生一瞬間的猶豫。
再加上她本來就自認為自己發動魔法的速度稍慢。
這些因素與她不成熟的心靈交織在一起，以致她的魔法發動得比平時更慢了。
而洛伊德卻僅有「炎」這種屬性。
但他透過超乎常人的鍛鍊將火力提昇到了極限。
他的火炎是超越凡火的「蒼炎」。
在那壓倒性的火力下，火炎化為能將任何事物化為灰燼的簡單力量。
正因為如此，洛伊德才毫不迷茫；也正因為如此，洛伊德才如此強大。
他光是憑藉以龐大的魔力點燃的蒼藍之炎就足以碾壓一切。
雖然洛伊德並非沒有其他暗招，但基本上他只將心力投注於此，他確信這就是自己最強的戰術。
「——唔！」
蔓延而來的蒼藍之炎充斥了彌亞的視野，其威勢足以使她本能地感到恐懼。
儘管她幾乎同時發動了「雷魔法」，她一判斷出自己的魔法在速度上雖有優勢，火力卻遠遠不如對方後，她選擇轉換策略。
她立即發動了「魔法障壁」進行防禦。

但是蒼炎的威力太過猛烈，以致她沒有餘裕來發動其他魔法。
只要她稍微分神去做防禦之外的事，便將在一瞬間被焚燒殆盡。
她無法擺脫這個局面，正因為她意識到了這個事實。

──完了。

「喂喂怎麼了！這樣就結束了嗎？小矮子！」
「──唔！嗚嗚……不行……」

從那一刻起，分出勝負就只是時間的問題。
比試落幕得實在太快了。

「啊啊啊啊啊啊啊啊啊啊啊！」

彌亞在最後感受到的是全身被焚燒的劇烈疼痛。
而她最後聽到的則是狂熱的歡呼聲及如雷震耳般的喝采──

§

彌亞在毫髮無傷的狀態下甦醒過來。

她費力地起身，四處張望打量著周圍環境。儘管她在醒來的當下無法立即理解現狀，但隨著時間的流逝，她慢慢回想起來了。

——回想起「敗北」的記憶。

「……啊。」

一道淚水順著她的臉頰滑落。

「嗚、啊啊……」

彌亞強行忍住隨時都可能湧出的淚水。

她盡可能表現出自己堅強的一面，向為她治療的神官表達謝意。

隨後她來到走廊，邁步而出，離開了校舍。她走著走著，然後跑了起來。

在跑起來的瞬間，她的眼淚就止不住地流了出來。

彌亞一路跑到宿舍，一踏入自己的房間後就立刻鎖上了門。

她靠著門，像是力氣被抽空一樣癱坐在地。

再也沒有任何事物能抑制住她的淚水了。

「……嗚、嗚嗚。」

彌亞哭了出來。她的聲音自齒縫間傾洩而出，開始嚎啕大哭。

淚水一流出後即使再怎麼擦拭也止不住了。悔恨、自身的無力感，各種情緒混雜在一起化作淚水滴落。

之後彌亞選擇了封閉自己，就連她自己也不知道處在這種狀態多久了。

有人來她的房間找她。

來者是擔心彌亞狀況的「莉莉」和「亞貝爾」兩人。

但她沒有應門，完全無視了他們兩個，因為她不想和任何人說話。

——咚、咚。

在那之後過了不久，房中又響起了敲門聲。

「……我不是說我不想和任何人說話嗎？夠了不要再管我了。」

彌亞的聲音中蘊含著平靜的怒氣和煩躁。

反正肯定又是「莉莉」和「亞貝爾」吧？自己明明就幾乎沒和他們說過話，為什麼要這麼關心自己？

雖然不曉得原因，但她無論如何都希望放自己一個人靜一靜。

這是彌亞心中唯一的想法。但是——

「——妳以為妳在跟誰說話？」

回應她的是一道完全出乎意料的聲音，而且對方的語氣間蘊藏著遠勝她的怒氣。

彌亞立刻意識到這道聲音的主人是「盧克」。

不過，不管來的人是誰都一樣，她不會改變自己的想法。

「快出來。我們稍微談一下。」

「我就說了不管是誰——」

「閉嘴。我都那樣那麼說了，別以為妳有選擇的權利。」

盧克的措辭顯得絲毫不顧他人的情緒且傲慢至極，聽得現在的她大感愕然。

「快點。再讓我等下去的話我就毀了這扇門。」

「我、我知道了啦……！我馬上就開……！」
盧克強行撬開了彌亞封閉的心靈，肆無忌憚地闖入其中。
這對於彌亞來說是無法容忍的，但由於她感受到盧克真的會破門而入的危險氛圍，才不情不願地打開門來。
「……幹嘛？」
「妳的臉色真糟啊，彌亞。」
她還困惑盧克找自己有什麼事，沒想到對方一開口就是絲毫不顧慮人心情的話。
彌亞能感到自己的怒火在心中逐漸昂揚。
「──很難受嗎？」
「……欸？」
她的怒火立即被撲滅了。
這句話非常簡短。然而，盧克所言卻不知為何滲進彌亞心靈間的縫隙，觸動了她的心。
就連彌亞自己也不知道是怎麼回事，但這時的她確實感到自己平靜了下來。
接著，淚水悄悄地滑落至彌亞的臉頰。後知後覺的她就像是要掩飾自己的害臊般連忙將之抹去。
「你、你特地來找我就是要說這個嗎？」

「不是啊？妳的魔力借我一下。」

彌亞突然感受到一股魔力被奪走的感覺。

一連串事情發生得實在太快，她覺得自己好像暈暈的。

「你、你做什——」

「嗯，果然是好屬性。」

彌亞見到小小的「鎖」在盧克的掌心中高速旋轉的瞬間，她頓時語塞。

「『治癒』就不用多說了，『雷』和『鎖』也都很優秀。原來如此，『雷』屬性也可以用來提昇身體的能力。這種提昇和強化魔法是不同的體系，所以可以忽視個人的魔法承受量，儘管有所限制，但確實是很好的屬性。讓『鎖』和『情報魔法』結合在一起來自動迎擊別人的攻勢也很有趣。」

盧克掌心中小小的「鎖」增加到了五個。

就連彌亞自己也只能同時施展出兩個「鎖」，盧克居然發動五個。

而且還不僅如此，每一道鎖上全都附加了「雷」，上頭啪啪作響的電流讓她目瞪口呆。

「你、你……」

太驚人了，真的太驚人了。

彌亞知道盧克有多厲害。不，彌亞直到這一刻才意識到自己對盧克的理解只是冰山一角而已。

——「怪物」。

迫使她認知到在眼前的是披著人皮的怪物的，並非是她的腦袋，而是她的心。

「嗯。」

盧克發動的魔法在剎那間消失了。

「說重點吧。我是來跟妳提議一件事的——妳願意成為我的『棋子』嗎？」

「……咦？」

彌亞不明白他說這番話是什麼意思。儘管她聽得懂字面上的意涵，但脈絡實在過於混亂，以致她的大腦拒絕理解。

「『部下』、『僕人』，妳想怎麼稱呼都無所謂。絕不會質疑我的話，而且全心全意侍奉我的人，就是我現在想要的。」

盧克隨意的語氣聽起來就像是在說著什麼日常對話一樣。

「我、我怎麼可能會答應——」

「只要妳成為我的『棋子』，妳就再也不會有那種經歷。」

「——唔！」

「如同我剛才示範給妳看的一樣，我有能力帶領妳進步。妳想要力量對吧？不願意再體會那種感覺沒錯吧？那就成為我的『棋子』。我——會讓妳澈底從敗北這種『恐怖』中解放出來。」

其實彌亞本來可以將這番話當作胡言亂語，並且一笑置之。

但是盧克在言談間卻有種難以名狀的說服力。

此外，其中還蘊藏著一種危險的誘惑。一種使她下意識間就想「相信他」的那種危險甜蜜的誘惑。

（……為、為什麼我會——）

彌亞打從心底感到恐懼。

因為她意識到，自己在不知不覺間，將成為盧克的「棋子」一事，視為理所當然的選項了。

她下意識地開始認真考慮成為盧克的「棋子」是否可行。

會心生恐懼，正是因為她回過神來後，冷靜地自旁觀者的角度認知到了這個事實。

但是——她的心已經被那甜美的毒藥侵蝕了。

因此她不得不開口詢問。

「成、成為棋子……要做什麼……？」

「——呵呵。」

從彌亞的表情、略微顫抖的聲音——這些細微的反應中當，盧克確信他的「實驗」成功了。

「沒什麼，不難。我只要妳在我需要時把力量借給我就行。僅此而已。」

「你……需要嗎？需要我的力量……」

「對。我需要妳的力量。」

「…………唔。」

聽到他這番話的瞬間，彌亞感到心頭一陣顫抖。

他既沒有用話語來安慰自己，也沒有溫和地撫慰自己。

他分明用半強迫的方式迫使不想見任何人的自己打開門，甚至最後還提出要自己成為他的「棋子」這種令人懷疑耳朵的提案。

然而——

（盧克需要我的力量，光是知道這個事實就——好開心。）

彌亞以強烈的本能感受到宛如能讓她沉醉其中的喜悅。

她至今與盧克相處的時間絕不長。

甚至可以說是相當短暫。即使如此，盧克所說的每一字每一句全都甜美到彷彿能融化人的靈魂，讓她感受到像是在溫暖的波浪中搖曳般的安寧。

——想更加被需要。

她被這種無法抵抗、自根源而生的強烈欲望掌控了。然而——

「……再讓我考慮一下。」

若遵循自己的心，她其實真的很想立刻答應盧克。

但她還是勉強阻止了自己那麼做，這絕對不是可以倉促決定的事。
必須先暫時冷靜下來好好思考，這是她好不容易才保留下來的理性所發出的警告。
「……嗯，這樣啊。」
「——唔。」
盧克露出了些許失望的表情。
光是那種表情，彌亞單單見到那種表情，就體會到一種像是心被撕裂般的強烈罪惡感。
做出這種選擇絕對是錯的，我怎麼會做出這種事來呢？
如此自責的念頭像是波浪般湧向她。
現在馬上改口吧，一定要立刻改口。
就在彌亞如此下定決心的那一刻——
「我明天會再來問妳。我期待妳能給我一個好答覆啊。」
盧克這麼說著，輕輕地將手搭在彌亞的肩膀上。
在那一瞬間，她感到一種猶如電流流竄過大腦的感覺，身體輕微地發顫。
「……啊唔。」

她的雙腿失去力氣，就這麼癱坐在地。

「……啊？怎麼了？怎麼回事？」

對於盧克來說這也是出乎他意料的情況。自己只不過是輕輕將手放在彌亞的肩膀上而已，她就像是壞掉的人偶一樣坐倒在地，完全不理解她是怎麼回事。

然後，情況就變得更加混亂了。

「你、你在做什麼！」

旁人的聲音響起。

盧克將視線望向聲音傳來的地方後，見到了兩個人——是「莉莉」和「亞貝爾」。

他們也因為擔心彌亞，再次來看看她的狀況。

「沒、沒事吧？」

「…………」

彌亞的臉頰泛紅，眼神茫然。看起來明顯不正常。

然而，她實際上並沒有任何問題。

只不過是被盧克觸碰誘發她各種情緒爆發，因此暫時陷入了恍惚狀態而已。

話雖如此，才剛來到這裡的莉莉也不可能知曉這點。

她眼中所見的，就是明顯狀態不正常的彌亞癱坐在地，以及站在她身邊的盧克。

「你是盧克對吧！你對她做了什麼！」

「……我什麼都沒做。妳這女人真吵，別大呼小叫。」

「你、你說什麼——！」

盧克判斷他來這一趟的目的已經達成了。

他沒有必要應付這個吵鬧的女人。一想出這個結論，他便邁步而出。

完全無視仍在放聲責問的莉莉。

然後，當他與一直保持沉默的亞貝爾擦肩而過的瞬間——

「盧克也是擔心她才過來的吧？」

「……啊？」

盧克聽得目瞪口呆，而亞貝爾只是微笑著不再多言，彷彿沒有必要再多說一般。

（……這種「我懂喔」的眼神是怎麼回事？他真的誤會了……）

之後盧克同樣什麼也沒說，單純只是因為他累了。

直接走下樓梯，回到自己的房間。他躺在床上，稍稍沉思了一會兒。

（要增加手中的棋子比想像中還要麻煩呢。得透過話語和行動來誘導對方的心理狀況，最終對我心生「忠誠」。說起來就是這麼一回事，但視情況還得費心安排悲劇。）

這次「實驗」的時機太剛好了。

彌亞和洛伊德，這兩人必定有一方會戰敗，並使得情緒產生劇烈的波動。而正因為如此，心靈才會出現破綻。對於盧克而言，不管是彌亞還是洛伊德都無所謂。

此外，遭逢「第一次」失敗也是個很好的條件。

人類是會「習慣」的生物。失敗所帶來的情緒波動，第二次會比第一次、第三次會比第二次還來得小。

正因為如此，這次的排名戰非常適合。

——非常適合「增加棋子」的實驗。

不過，實驗的結果卻不如預期。

儘管盧克有自信能讓彌亞成為自己的棋子，但事與願違。

「算了，以第一次來說結果算不錯了吧——嘖！果然還是讓人很不爽。」

然而，盧克經過這次的事後更加明白了「約蘭德」的價值。

——他是「能增加棋子的棋子」。

其稀有價值不可估量，萬分珍貴。

盧克絕對不可能輕易放手。

「……唉，去揮揮劍吧。」

要驅散混濁的思緒就只能揮劍了。

盧克拿起靠在一邊的劍，再次走出房間。

§

翌日清晨。

在乳白色的黎明驅離暗夜的時刻。

「那個……我願意——成為盧克的『棋子』喔。」

「…………」

彌亞在一大早就來造訪盧克的房間，略顯躊躇且有些害臊地說出這番話。

原以為這次嘗試已經失敗，也由於適逢連太陽都尚未昇起的清晨，盧克的腦袋還不太清醒，啞然了數秒。

──「約蘭德」登場。

由於盧克和那個不曾在原作中出現的男人相遇，使得他對「棋子」產生了興趣。

於是，他進行了實驗，進行了增加手中棋子的實驗。

而其結果，就是那名終有一天會成為「魔法騎士」的少女，選擇成為了盧克的「棋子」──

3

彌亞睜眼醒了過來。

她擁有一睜開眼就會完全清醒的神經中樞，完全沒有睡眠與清醒之間的過渡狀態。

只是可能由於昨天發生了許多事情，疲憊感仍然殘留在她的身體當中。

對彌亞訴說著，想繼續待在這個如溫潤泥濘般舒服的淺眠世界。

但是，她不認為應該那樣。

她一口氣坐起身來靠在木製的床架上，然後輕輕地將手放在胸口。

（……果然還是一樣。）

她睡了一整晚，意志卻沒有因此產生絲毫動搖。

既然如此就採取行動吧。畢竟會因為遲疑而錯失良機，是只有愚者才會做出的事。

彌亞的心意已決。

「…………」

在這一刻，腦海中突然浮現盧克的身姿。

無論怎麼往好的方向去解釋，都無法將昨天的他評價為「好人」。這一點彌亞自己也很清楚。

她分明清楚得很——卻又不知為何被他深深吸引。

她在心中反覆咀嚼盧克所說的話，感受到心中有某種連她自己也無法理解的情感不斷湧現。

『——妳願意成為我的「棋子」嗎？』

她明白，那是絕對不該聽進耳中的惡魔低語。

或許自己只不過是被他欺騙了。

她知道盧克的言行不是出自於善意——但是……

「……我已經不行了。」

無法抗拒，無論如何都抗拒不了。

那就像是一旦某種東西被染成黑色後，再添加多少其他顏色也依然會是黑色一樣。

她的心已經再也無法被改變了。

彌亞迅速地打理好自己。

但是並不意味著草率。她在打理自己的過程中沒有絲毫多餘的動作，這才得以迅速地準備好。

最後她站在鏡子前用梳子梳理頭髮，特別是瀏海，她整理得非常細心。

彌亞打開房門，大步朝盧克的房間邁出步伐。

一開始還不錯，不久後她的步伐卻漸漸地慢了下來。

「該、該說什麼才好……」

她的聲音不由自主地表現出她的情緒——就在她回過神來的那一瞬間——

（我、我是不是笨蛋呀！像這樣一大早就去男人的房間是要說什麼？難道……要說「我要成為你的『棋子』」嗎？他只會覺得我的腦袋有問題吧！）

一股想大叫出聲的衝動襲向彌亞，她不由自主地用雙手摸了摸自己的臉頰，感覺非常熱。

心臟的跳動似乎漸漸擴散到全身上下。

身子熱了起來，但她的頭腦反而逐漸冷靜下來。

冷靜而清晰的思考讓她意識到自己有多麼不理智。

情緒雖然混亂，她半強迫地讓自己再次平靜下來。

（可是，要是不趁這股衝動說出來，我可能再也沒機會說出口了……！）

她念頭一轉，心想確實如此。

經過昨天那樣的對談之後，如果什麼也不說，然後吃早餐時在餐廳遇到他的話，會怎麼樣呢？

那不是會比現在尷尬好幾倍嗎？彌亞強行讓自己接受。

「…………唔！」

向前邁出了一步。覺得就像是被鎖鏈拖著一樣沉重。

要是再次停下腳步，自己下一次一定會回到自己的房間。

由於彌亞感覺自己會那麼做，因此她凝聚起魔力發動了一個魔法。

——「飛行」。

在那個瞬間，她的身體輕盈地飄浮起來，並且加速。

她在走廊上穿梭飛行，一心想著必須快點前往盧克的房間。

如果不是她還留有一絲理智讓她得以認知到這裡是宿舍，而且一大早還有學生在睡覺的話，她很可能會「唔喔喔喔喔」地大叫出聲。

就在這種衝勁與她出色的魔法技術相互作用下，她很快就抵達了。

不，應該說是很不幸地抵達了。

彌亞解除魔法，雙腳落地。

「…………唔。」

盧克的房間就在眼前，接下來就只剩下敲開門了。

光是這敲門的動作就困難得不得了，彌亞緊緊抓住裙襬。

（快敲門彌亞！不是已經下定決心了嗎！快！快呀！……嗚嗚。）

她在涼颼颼的走廊上站了整整五分鐘，而那種想法在腦海中反反覆覆。

不過，她也意識到了。自己為什麼會在昨天的排名戰時敗北。

洛伊德非常厲害，會輸也可能單純只是實力差距。

可是最大的敗因——就是自己心中的怯弱。

她不就是想要改變這樣的自己，所以現在才會來到這裡嗎？

「……呼、呼——好。」

她下定了決心。大口大口地深呼吸好幾次。

隨後彌亞慢慢地伸出手，然後輕輕地敲了幾下門。

在敲門後等待的時間，對於彌亞來說每一秒彷彿都被拉長了數十倍，最終那扇門還是被慢慢地打開了。

被稍稍敞開的門縫中，一個男人探頭而出——是盧克。

在意識到是他的瞬間，彌亞的心頓時陷入混亂，來到這裡前的種種掙扎簡直只像是開端。她的心跳急劇加速。

當然，現在的她根本就沒有道聲「早安」的餘裕。

所以她說出了必須說出口，且在心中想了一遍又一遍的話，就像是在照著事先寫好的稿子唸一樣。

「那個……我願意——成為盧克的『棋子』喔。」

「…………」

由於各種意料之外的事同時撲面而來，使得盧克稍稍睜大了眼睛。

外加他才剛因為敲門聲醒過來，所以思緒相當模糊。

基於這些理由，盧克沉默了數秒。

但彌亞是不可能知道這些的。

好不容易下定決心才說出這番話來，等了半晌後盧克卻沒有任何回應。

她的心裡就只有這個念頭。而這也再次使她的心跳得更快了。

「——我明白了。」

盧克終於回話了。

「妳下定決心了吧。我很高興。」

「……啊。」

盧克一聲「很高興」，宛如毒品一樣侵襲了彌亞的大腦。

就像是至今為止的一切全受到肯定一樣，高揚情緒貫穿了她的全身。

這次輪到彌亞啞口無言了。她張了張嘴，卻完全發不出任何聲音。

她覺得自己必須說點什麼，得趕緊說些什麼。就在這種想法迫使她開口時——

「——妳說了些很有趣的話呢，彌亞。」

耳邊傳來另一個女人的聲音。

還沒等到彌亞意識到說話者是誰，盧克原先微微敞開的門就被其他人大大地推開了。

「……啊哇哇哇哇哇！」

彌亞的思緒在那一刻完全停止了。

因為她看到了——

——愛麗絲全裸的身姿。

為什麼愛麗絲會在盧克的房間裡？

為什麼她會一絲不掛？

為什麼她看起來得意洋洋的？

種種疑問如洪流般湧來，外加上視覺上所得到的訊息實在太過驚人。

對於光是見到別人接吻都會害臊到無法直視的彌亞來說，那是她根本無法理解的狀況，也無法接受的事實。

因此她做出了選擇，選擇放棄維持自己的意識——彌亞「啪嗒」一聲昏倒在地。

愛麗絲對於自己的行徑沒有絲毫羞恥。

她對自己的「美」有著絕對的自信。

根本不認為赤身裸體的模樣被看到有什麼好羞恥的。

「……妳為什麼要出來？」

「她說的話實在太有趣了，就忍不住。」

盧克嘆了口氣，認為不能這樣放著彌亞不管。

雖然一大早就得活動身子有夠麻煩讓他很不爽，但還是溫柔地將她抱起，並輕輕地放在自己的床上讓她睡。

§

——吉爾伯特侯爵領的城市「吉爾巴迪亞」。

這座城市的街道有著交易都市的一面，即便到了夜晚也充滿活力，行人眾多。

來自各國的商人和冒險者都會來拜訪這座城市，就連今天也不例外。

每個人都在各自忙碌的生活中找到屬於自己的成就感，他們的表情疲憊，卻也散發著光彩。

而在這個地方，有一座所有居住在這座城市裡的人都知道的豪華且莊嚴的宅邸——克勞德的宅邸。

然後，那座宅邸的門悄聲無息地打開，有四名男子從中走了出來。

「請小心腳下。」

首先，是這家人的執事阿爾弗雷德。

「嗯，謝謝。」

「………」

接著是約蘭德。

然後是擔任魔法師團長一職的寡言男子戈爾多巴。

「──呵呵。」

最後一個人，則是吉爾伯特家的現任家主克勞德。

在約蘭德這個男人來訪的瞬間，阿爾弗雷德頓時萌生一個念頭──這個男人是「邪惡」的化身。而且是他最厭惡的那種「邪惡」。然而──

（──嘖！真噁心。）

阿爾弗雷德現在對約蘭德的厭惡感有所緩和。

雖然還是覺得很不舒服。

而約蘭德則是想著──

（太、太容易了……吉爾伯特侯爵實在太容易搞定了啊。一開始對我還警戒成那樣，一提到盧克的事情後就順利地談成了。）

約蘭德拜訪克勞德的原因，是為了實現他在「那一天」所描繪的故事。

——讓盧克成為「王」的故事。

（哼哼，盧克。如果要提個我贏過你的地方，那就是我比你稍微早一點出生在這個世界上呢。）

盧克被束縛在學園當中，而約蘭德則擁有一定程度的自由。

若非如此，根本不可能演變至現在這種狀況。

約蘭德在「那一天」首次遇到了名為盧克這樣與自己同等，甚至比自己更勝一籌的存在。

這對於在真正意義上，孤獨活到今日的他而言，是多麼巨大的喜悅。

盧克看起來有多燦爛，他就被盧克深深吸引到什麼地步。

（你是——最適合成為「王」的人。）

而且，不僅僅是如此。

這個計畫也包含了約蘭德自己的目的，即是讓他得以成為盧克的「棋子」，並滿足他隨侍在盧克身旁的欲望。

（在你從學園畢業那一刻到來之前，我絕對會創造出使你無法捨棄我的「理由」。）

此外，克勞德也對於約蘭德的計畫表示贊同，使得他能更進一步地加快推動他所描繪的故事。

至於克勞德為什麼會贊同約蘭德的計畫呢？理所當然，他這個父母對盧克懷著超乎常軌的溺愛想必就是主因之一。

然而，主因不僅如此。

約蘭德的提議喚醒了克勞德深藏在內心深處的野心。

當年因盧克誕生，宛如泡沫般消散而逝的野心。

那就是——「篡奪王位」。

克勞德在年輕時，曾抱持著燃燒般的傲慢野心，認為自己才是最適合成為國王的人，而約蘭德的計畫再次將之喚醒了。

「你負責『武力』，而我來穩固『派閥』。沒錯吧？」

「是的，就是這樣。我將以魔法師團為中心擴大盧克的勢力。至於貴族就麻煩您統合了。」

「我聽說你是個無能的人，看來這只不過是那些沒眼光的人所說的戲言罷了啊。」

「啊哈哈，不敢當——那麼，您能三年內做到什麼程度呢？」

約蘭德顯露出有些挑釁的表情。

「呵呵，別說笑了。你以為我是誰？我會建立一個無與倫比的穩固派閥。你才是別讓我失望了。」

「好的，請您好好期待吧。我不能待太久，請容我先告辭了。今天非常感謝您百忙之中抽空來見我，吉爾伯特侯爵。」

「嗯，歡迎你隨時再來。」

「萬分感謝。」

約蘭德深深一鞠躬後便朝天空飛去。

戈爾多巴也隨他而去。他們靜靜地飛了一段時間，然後——

「哈哈哈哈哈！啊——要忙起來啦！」

他將在心中爆發的喜悅宣洩而出。

「若有我能做到的事，請您儘管吩咐。」

「嗯，我也會讓你好好工作的，戈爾多巴。做好心理準備吧。」

「是！」

戈爾多巴的回答充滿了毫無虛假的決心與氣魄。

（盧克，我真的很想看到你成為國王以後會做些什麼。你會怎麼領導，又會怎麼改變這個依賴魔法並且推崇人類至上主義的陳腐國家呢？嗯～不過要是干涉到他的自由，感覺可能會惹他生氣呢～看來也得吸收一些優秀的文官。啊～真的好期待啊——）

約蘭德的思緒飄揚到未來，一想到今後會發生許多有趣的事情，他就像天真無邪的孩子一樣——笑了出來。

後記

初次見面，我是本書的作者黑雪ゆきは。

非常感謝您翻閱《驕矜狂妄反派貴族的惡行惡狀》。

總之，我想稍微談談這部作品。簡單來說，這是一部轉生反派類的作品。就是主角突然成為盧克這個像是怪物天才般的反派貴族後，發生了各式各樣事情的感覺。

不過，內容如果光是這樣的話並不新奇。主角轉生成原先注定要走向毀滅的反派，為了迴避這命運而手忙腳亂。我相信閱讀了本作的各位應該也曾經讀過內容相似的作品。

因此，我認為必須為本作添增某種賣點。

那麼這個賣點究竟是什麼呢？已經閱讀過本作的讀者應該已經知道了——沒錯，就是「變態」。讓各種個性強烈的角色在故事中登場，就是我所添加的賣點。

將主角如何避免自己走向毀滅擺在第二位，更注重於描寫那些原先本應完全不會努力的角色在努力後產生的變化，進而建構了這個故事。

而結果就是極度溺愛孩子的父親變得更加極端，不苟言笑的執事變為瘋狂信徒，原為虐待狂的女主角變成受虐狂，在原作的世界中原本應該沒有關聯的危險人物現身……真的非常混亂呢。

此外我也在維持著主角是最強者這一主軸的同時，加入了喜劇元素。這是因為我所尊敬的丸山くがね老師，還有暁なつめ老師給予我的深遠影響。如果能讓讀者在閱讀本作時不禁笑出來一次，這對我來說就是極大的喜悅了。

接下來，請容我送上謝詞。

首先要感謝的是本田編輯。真的非常感謝您挖掘出我的作品，無法用言語表達我的感激之情。只不過至今仍然記得非常清楚，當初您聯繫我時，我的作品明顯還沒有達到足以出一本書的字數……我認為那是因為您對於我的作品有所期待，但聯絡我的時間點實在太早了，使我當時感受到的驚訝遠勝於欣喜。

在將作品書籍化的過程中，儘管我沒有任何實績，您還是非常認真地聽取我的意見，真的非常感謝您。

接著，是為我的作品畫出美妙插圖的魚デニム老師。很抱歉提出了那麼多任性的要求！像是提出了「我希望這裡能這樣畫」、「希望那裡能呈現這種感覺」等等各式各樣的要求。我為自己說出那麼傲慢的話感到真的很抱歉！魚デニム老師不但直到最後都沒有放棄，還為我畫出那麼棒的插圖，實在是感激不盡。容我再次向您道謝。

然後還要謝謝自從本作在網路上發布時就一直支持我的讀者們。多虧有大家的支持，作品才得以書籍化。今後也請各位多多支持了。我更新得很慢，真的很不好意思！

最後，要感謝的是所有拿起這本書來閱讀的各位。如果各位能從中獲得一絲樂趣，就是我的榮幸。請務必用「#反派貴族」這個標籤來分享各位的感想。此外，這部作品目前也正在「カクヨム」上連載，如果各位對後續的故事感興趣，到小說網站那邊看一下的話我會非常開心。

不確定是否能出續集，但我今後仍打算繼續撰寫這部關於極度傲慢且才華洋溢的盧克，不知為何因為一群變態聚攏到身邊而總是不太順心，與令他胃痛的煩惱奮戰的同時努力的故事。

我想說的話差不多就是這些了。

容我再次感謝所有拿起這本書閱讀的讀者，真的非常感謝您！

國家圖書館出版品預行編目資料

騎矜狂妄反派貴族的惡行惡狀 / 黑雪ゆきは作；貓月齋譯. -- 初版. -- 臺北市：臺灣角川股份有限公司, 2024.03-

冊；　公分. -- (Kadokawa fantastic novels)

譯自：極めて傲慢たる悪役貴族の所業

ISBN 978-626-378-661-5(第1冊：平裝)

861.57　　　　113000379

Kadokawa
Fantastic
Novels

驕矜狂妄反派貴族的惡行惡狀 1

（原著名：極めて傲慢たる悪役貴族の所業 1）

2024年3月18日　初版第1刷發行

作　者：黑雪ゆきは
插　畫：魚デニム
譯　者：貓月齋

發行人：台灣角川股份有限公司
總　監：呂慧君
總編輯：蔡佩芬
主　編：林秀儒
編　輯：楊玟恩
設計指導：陳晞叡
美術設計：宋芳茹
印　務：李明修（主任）、張加恩（主任）、張凱棋

發行所：台灣角川股份有限公司
地　址：104台北市中山區松江路223號3樓
電　話：（02）2515-3000
傳　真：（02）2515-0033
網　址：www.kadokawa.com.tw
劃撥帳戶：台灣角川股份有限公司
劃撥帳號：19487412
法律顧問：有澤法律事務所
製　版：巨茂科技印刷有限公司
ISBN：978-626-378-661-5